花笺茶事

老桥 著

化学工业出版社
·北京·

花笺咏序

自序

花笺或曰诗笺，是诗词书法的载体，也是一件雅事。

去年秋天，南行中的出版人俊文友给我寄来一套清代花鸟画家边寿民的作品《芦雁鸣秋》，我凭着兴致抄录的随手抄录了几首茶诗，觉得写意盎然，便信笔同款式的花笺上抄了几首诗人的茶事。能尽兴对文应地写了诗人的茶笺茶诗一百品，即品茶品诗，结果写到三十六篇戛然而止，尚可有二。其一如写百篇年凝雅庆之天鸣，

得有兴致而後就叫好打住接置在茶台旁泡一壶春茶一边读书一边品茗诗情书意茶香花笺美何等养眼这些年末字的不少一被装裱或镌刻悬挂茶室也得了些好茶何乐而不为轴装框门楣廊柱既为境境增色

戊戌夏月君桥花笺馆东潮白河畔草堂

读了不少茶诗以花笺或小楷或行书或镶字有花笺诗词书法可以一年寓目之也是一件雅事

经过我师的信笺或是诗序中朝徐陵编的玉台新咏河北滕冀之绩花笺的历史最远应该追溯到中唐时期文诗三千多年前山闹闺房裹香沐手文诗人诗薛涛制造了一种桃红色笺创立了薛涛笺的品牌，之后其诗名逐远高其笺以此她的花笺名声远播其花笺店后有各朝各代的文人雅士或作坊做出了各色花笺这些花笺多是以名人字画为底图雕得非常清雅名贵选纸为十竹斋笺谱为高下有水印或刻版的双钩也向来为收藏界手里的宝物

说到花笺自然不能不提诗笺毕竟花笺为诗而生以诗为媒古人凭比不上饮酒诗的悠远到晚花酒诗直到唐代饮茶渐多了有咏茶诗例如宋元明清可爱茶而作喜茶诗的苏东坡即便是陆羽起茶诗也无金鸣马之鹰为什么我也说不清楚大概什么事物也喜欢独到写字而吟喜欢

目录

試春

试春

 第一

陆　羽　不愧千年作茶仙｜〇〇三

杜　牧　爱茶宁可下尘埃｜〇〇九

钱　起　最喜绿茗代榴花｜〇一三

汤显祖　玉茗堂内有贡茶｜〇一九

钱大昕　新春初试阳羡茶｜〇二五

金　农　新茶勿须琢为饼｜〇二九

闲情

闲情

第二

裴　度　闲情依旧喜新茶｜〇三七

贯　休　静衲禅袍煮香茗｜〇四三

林　逋　孤山可品建溪春｜〇四九

文天祥　闲饮佛茶养正气｜〇五五

陈继儒　小窗独饮是茶神｜〇六一

傅　山　好茶自有好友赠｜〇六九

思飲

思饮

第三

白居易　酒渴晚送一瓯茶｜〇七九

皮日休　夜半醒酒思饮茶｜〇八五

苏　轼　午觉醒来两瓯茶｜〇九一

陆　游　煎茶消愁睡却无｜〇九五

徐　渭　微清小雅品春茶｜一〇三

曹雪芹　扫雪烹茶夜无眠｜一〇七

問泉

问泉

第四

李德裕　饮茶有品行无道—一一五

杨万里　品茶还须江中水—一二一

王禹偁　留得新茶敬双亲—一二七

元好问　清凉山上冰泉茶—一三三

袁宏道　龙井汲泉试新茶—一四一

张　岱　煮茗识得最佳泉—一四七

清友

清友

王安石　好茶遥寄兄弟情—一五三

姜　夔　携茶祝寿到花前—一六一

杜　耒　寒夜客来茶当酒—一六七

唐　寅　寒灯细雨夜品茶—一七一

文徵明　灯前一啜愧相知—一七七

龚自珍　洒泪欲饮惜别茶—一八三

詩境

诗境

第六

王　维　诗中有禅茶有韵—一八九

刘禹锡　诗情有茶方助爽—一九五

秦　观　秋日饮茶吟楚辞—二〇一

耶律楚材　弹琴品茶唱离骚—二〇七

袁　枚　不是茶中解事人—二一三

郑板桥　小廊茶熟已无烟—二一七

后　记　无心且作逍遥游—二二五

試春

鲁见鸥波老人桃花渔艇图设色全师赵伯驹偶在房仲书斋背临似与神合 乌目山中人王翚

不羨黃金罍不羨白玉杯

不羨朝入省不羨暮入臺

惟羨西江水曾向金陵城

下來

錄唐陸羽茶詩一首

丁酉春月聰橋書於京東

陆羽 不愧千年作茶仙

> 不羡黄金罍，不羡白玉杯。
> 不羡朝入省，不羡暮入台。
> 惟羡西江水，曾向金陵城下来。
>
> ——唐·陆羽《歌》

陆羽　不愧千年作茶仙

远在贵州岑巩县（古称思州）的好友罗先生开了一个茶庄，命我起名并写一牌匾。我说何不用"思羽"二字？随即题写隶书"思羽茶庄"寄去。茶庄开业，牌匾挂于门楣，红底金字，喜庆富贵。

写花笺茶诗不得不提"茶圣"陆羽。可这位仁兄留存的诗极少。《全唐诗》中仅存二首，其中有《会稽东小山》一首："月色寒潮入剡溪，青猿叫断绿林西。昔人已逐东流去，空见年年江草齐。"前日看到有学者著有《古代茶诗名篇五百首》，顺手翻翻，陆羽只有一首半。除了文前的《歌》外，还有半首是和耿㧑合作的《连句多暇赠陆三山人》。此诗中，耿㧑盛赞陆羽对茶文化的杰出贡献。其中有"一生为墨客，几世作茶仙"的诗句，脍炙人口，陆羽的"茶仙"之名也由此而来。

陆羽，字鸿渐，自称桑苎翁，又号东冈子，复州竟陵（今湖北天门）人。性格诙谐，闭门著书，不愿为官，嗜茶如命。著有世界上第一部茶叶经典专著《茶经》，被历代尊为"茶圣"，祀为"茶神"。陆羽一生非常坎坷，从小即遭父母遗弃，被竟陵高僧智积禅师从湖边拾得，托付给李家收养。陆羽在李家长到八九岁。李家有女，名冶，字季兰。两人青梅竹马，两小无猜。后因李家回浙江湖州老家，又将陆羽送回寺庙。因不知父母及姓氏，陆羽遂按《易经》占卦起名，得到"蹇"之"渐"卦。卦辞说："鸿渐于陆，其羽可用为仪。"于是以陆为姓，羽为名，鸿渐为字。智积禅师喜欢喝茶，且自己采茶制茶，陆羽作为徒弟专门为智积禅师煮茶，慢慢地对茶有了研究。陆羽为了寻找好茶，走遍大小茶山。浙江顾渚紫笋茶产自湖州，正是李家的故乡。陆羽与李季兰在此相逢。此时的李季兰在新昌玉贞道观修行，且已是知名的女道士了。李季兰曾写有一首诗《湖上卧病喜陆鸿渐至》，曰：

昔去繁霜月，今来苦雾时。

相逢仍卧病，欲语泪先垂。

强劝陶家酒，还吟谢客诗。

> 偶然成一醉，此外更何之。

可见李季兰对陆羽一往情深，两人成了世上唯一的亲人。只是天不假年，李季兰不久便病逝。陆羽还有一位挚友，便是高僧皎然。皎然本姓谢，是谢灵运第十世孙，也是湖州人。皎然有诗句曰："不欲多相识，逢人懒道名。"他于《九日与陆处士羽饮茶》诗中说：

> 九日山僧院，东篱菊也黄。
> 俗人多泛酒，谁解助茶香。

可见，皎然也是个茶痴。

酒有酒品，茶有茶德。据《蛮瓯志》说："陆鸿渐采越江茶，使小奴子看焙。奴失睡，茶焦烁。鸿渐怒，以铁绳缚奴投火中。"小孩子自然觉多，打瞌睡是难免的。紧盯着烘焙茶叶的炉子，自然也是熬不过茶圣的，一时打盹，茶被烤焦了，不能再喝，便被茶圣捆起来扔到火里。谁能想到，陆羽对茶明理有德，竟会做出这么恶毒的事来，让后人怎么理解茶德？我曾与一铁杆茶友谈起此事，谁知茶友听后怒发冲冠，拍案而起，大声说道："陆羽是茶圣，天下茶客顶礼崇拜之人，虽说是古人说的，打死我也不相信陆羽是这样的人！"我顿时被他的情绪感染，也许是古代文人妒忌陆羽而杜撰一个无中生有的故事来损

坏陆羽形象的！想到这里，陆羽顿时在我心目中又高大了许多。

　　一千二百多年前，二十多岁的陆羽，隐居苕溪，唱着茶歌，汲泉煮茶，写《茶经》，传茶道，其著作成为不朽的经典。正如文前歌所唱，不羡慕富贵，不羡慕做官，只要有好水泡茶，便可以做得神仙。陆羽一生爱茶，全身心投入做一件事，不仅有成就，而且长寿。在那个年代活了七十一岁，也算是古稀了。

⊙ 元·赵原 - 陆羽烹茶图

觥船一棹百分空十載青春不負公令日鬢絲禪榻畔茶煙輕颺落花風

唐人杜牧詩一首
丁酉春日聰橋書

> 觥船一棹百分空，十载青春不负公。
> 今日鬓丝禅榻畔，茶烟轻飏落花风。
>
> ——唐·杜牧《题禅院》

杜牧　爱茶宁可下尘埃

说起杜牧，就想起那首被山西汾酒用足了的诗："清明时节雨纷纷，路上行人欲断魂。借问酒家何处有，牧童遥指杏花村。"据说全国有许多杏花村，都在论证诗中"杏花村"就是指当地。至于杜牧是否去过山西汾州就不得而知了。一个地方有杏林，还有一个叫作杏花村的村庄，更有许多的酒坊，我想只有汾阳的杏花村了。不过这个问题不是本文的主题，还是说说杜牧与茶。

杜牧，字牧之，京兆万年（今陕西西安）人。大和进士，曾经做过几个州的刺史，最终做到中书舍人。原先只知道杜牧是个大诗人，其诗影响颇大，世称"小杜"。杜牧的个性很强，为人清高傲气，因此吃亏不少。他做监察御史时，分管洛阳事务。当时曾任检校司空的李愿被罢官闲居在家，挥金如土，极度奢侈，常常召妓听曲，洛阳的名士们纷纷都去李府巴结。一次，李愿邀请当地名流在家聚会。因为杜牧所担任职务的原因，李愿不敢发出邀请。杜牧知道后，就托人转达愿意赴约的意思。李愿不得已而邀请了杜牧。宴会厅里，杜牧一个人坐在位子上，睁眼注视着厅里的妓女。他饮过三杯之后，问李愿道："听说你这里有一位叫作紫云的姑娘，是哪一位啊？"李愿指着一位漂亮的艺妓给他看。杜牧凝视良久说："真是名不虚传，值得一见。"李愿大笑，旁边的艺妓也笑了。随即，杜牧自饮三杯，起身吟诗曰："华堂今日绮筵开，谁唤分司御史来。忽发狂言惊满座，两行红粉一时回。"杜牧的气意闲逸，旁若无人，使在座的人为之一叹。杜牧一向不拘小节，无论是在官还是隐居，从来都是我行我素。其留传的佳句颇多，如："十年一觉扬州梦，赢得青楼薄幸名""一骑红尘妃子笑，无人知是荔枝来""二十四桥明月夜，玉人何处教吹箫"……

如果不看杜牧的为官路线图，还不知道他曾在阳羡（今江苏宜兴）做过贡茶督造使。为皇宫供茶把关，这是个不错的职位。顾渚和阳羡都是贡茶产地，而且距离很近，几乎就属于同一片茶山。在茶还是上流社会的贵重饮品的时代，皇室及贵族几乎垄断了最好的茶山。作为贡茶督造使，杜牧要确保贡茶的质量，除了责任心强、办事认真外，至少需要懂一些茶道。我们不知道杜牧对茶有多少研究，但从他留下为数不多的茶诗看，他还真做了不少功课。

每逢采茶季节，选个春光明媚之日，杜牧邀请宾客聚会于宜兴东南三十里的茶山。杜牧和宾客们坐在茶山下的草地上，喝着酒，看着茶山上采茶的村姑。因为当时杜牧身体抱恙，不能饮酒，便作诗给大家尽兴，诗中还表示只能以茶代酒。杜牧觉得这日子比在朝中做官强百倍——不用提心吊胆，不用装模作样。他的《茶山下作》说：

> 春风最窈窕，日晓柳村西。
> 娇云光照岫，健水鸣分溪。
> 燎岩野花远，戛瑟幽鸟啼。
> 把酒坐芳草，亦有佳人携。

杜牧在宜兴督造贡茶时，曾为茶山题五言长诗，其中有"山实东吴秀，茶称瑞草魁""泉嫩黄金涌，牙香紫璧裁""好是全家到，兼为奉诏来。树荫香作帐，花径落成堆。景物残三月，登临怆一杯。重游难自克，俯首入尘埃"，说尽对茶山景色的留恋，对阳羡茶的赞美，对当时生活的感慨。

杜牧连续担任过四个州的刺史，后从湖州任上回到长安，拜中书舍人，在汴河题诗一首，其中有句"自怜流落西归疾，不见春风二月时"结果一语成谶。一到京城，杜牧即去世了。

竹下忘言對紫茶
全勝羽客醉流霞
塵心洗盡興難盡
一樹蟬聲片影斜

唐人錢起詩一首
丁酉春聊橋書

> 竹下忘言对紫茶,全胜羽客醉流霞。
> 尘心洗尽兴难尽,一树蝉声片影斜。
>
> ——唐·钱起《与赵莒茶宴》

钱起　最喜绿茗代榴花

有人说:唐代的诗重宏观,恢宏大气,诸如"大漠孤烟直,长河落日圆";宋代的诗词多微观,精细入微,诸如"杨柳岸,晓风残月",虽说也有"大江东去浪淘尽""八千里路云和月",却整体比较婉约。这与所处时代有关,唐代诗人所经历的战争、远行,里面包含的包容和思念,使得塞外秋风不似江南春雨;加之晚唐兴起的词令小调、宋词的流行,唱遍大江南北,使得宋诗少了一些气魄,多了一些情致。其实宋诗非常好,大概是受了词的影响。笔者读清代厉鹗的《宋诗纪事》和钱锺书的《宋诗选注》感触颇深。但如果说唐代诗人只会写金戈铁马、凭栏远眺也未必对，唐人的茶诗也一样写得精细入微。

有学者把钱起列为中唐诗人行列，是因为钱起的诗风属于中唐风格。我觉得钱起从年代来说还是属于初唐诗人，且是诗坛怪杰。最初知道钱起是读他的两句诗。钱起赶考，客舍江湖。一天在驿馆中，忽然听到庭中有人吟诗，有句："曲终人不见，江上数峰青。"他走出房门四处看，却空无一人。到了长安应试时，他作《省试湘灵鼓瑟》诗，用此句做了结尾，被人们惊叹为"鬼谣"。这两句诗，意境高远，堪称绝唱，记住了一生都不会忘。《全唐诗》选了钱起五百三十二首，可见其名头很大。

钱起，字仲文，吴兴（今浙江湖州）人。天宝年进士。官终考功郎中，人称"钱考功"。钱起很早就因诗出名，号称"大历十才子"之一。被人冠以"文宗右丞，许以高格，右丞没后，员外为雄"。我最喜欢他的一首《题玉山村叟壁》，诗云：

> 谷口好泉石，居人能陆沉。
> 牛羊上山小，烟火隔林深。
> 一径入溪色，数家连竹荫。
> 藏虹辞晚雨，惊隼落残禽。
> 涉趣皆流目，将归必在林。
> 却思黄绶事，辜负紫芝心。

钱起受王维影响较大，也好与佛门禅师打交道，所写诗清新出格，禅味空灵。钱起虽晚些年，但与王维、李白、杜甫也算是同时代人，李白与王维同年去世，一位是"诗仙"，一位是"诗佛"。钱起去世后，留下了大量闲适安静的田园诗和格调高雅的方外高士诗。此时的大唐处于盛世，诗人们享受着安定生活带来的闲情逸致。日常饮品最多的，除了喝酒就是煮茶。煮茶到了此时已是非常成熟。陆羽亦是同时代人，他总结的《茶经》使品茶成为生活中的一种情趣。诗人们更以诗表达对茶的热爱，广泛的传播，名人的效应，使茶愈来愈深入人心。

唐时茶宴盛行，像钱起这样爱写禅诗的诗人，更觉得茶宴胜于酒宴，竹林胜于宫殿。唐人有茶宴的记载："乃命酌香沫，浮素杯，殷凝琥珀之色，不令人醉，微觉清思，虽五云仙浆，无复加也。"竹林之中，约几位好友，准备纸墨笔砚，石鼎茶铛。临泉傍竹，折竹枝当柴，汲清泉满壶，小童煽火煮汤，诗人将准备好的紫茶放入壶中研磨煎煮。炉烟绕竹林，茶香满庭院。陆羽《茶经》中说："阳崖阴林，紫者上，绿者次"。钱起用的是紫茶，一定是最好的茶。唐代喝茶还是很有情致的。到了宋代，街市之上，茶楼之中，盛行斗茶，用建溪窑的杯，打茶沫，观水渍，取其胜者。以茶做媒介，诵诗和诗，遇到好句，大加赞赏，奖其新茶一杯；绝胜过大觥美酒，盘杯狼藉。香茶一杯入口，顿觉身心被洗濯一番，其兴难尽。此时，树上夏蝉长鸣不休，日影渐斜，诗人与好友以诗相和，畅饮香茗，每煮一道，便觉心境一尘不染。

钱起喜欢参加或者组织茶宴。他另外一首茶诗《过长孙宅与朗上人茶会》是这么写的：

偶与息心侣，忘归才子家。
玄谈兼藻思，绿茗代榴花。
岸帻看云卷，含毫任景斜。
松乔若逢此，不复醉流霞。

茶会与茶宴不一样，茶会除了品茶会友外，还可以交易，买卖或交换茶。钱起常常参加这样的活动足以说明他是一名资深茶友。他觉得参加这样的活动，能喝到好茶，远比喝美酒好得多，所以他诗中爱用"流霞"，来说明茶比酒好。

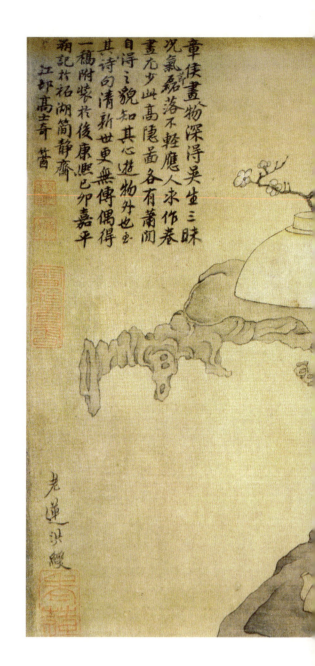

明　陈洪绶　高隐图卷（局部）

夜午清杯玉茗堂
一麾千里寄宜陽
登朝積歲遊何薄
失路逢知語自長

湯顯祖詩一首
董彫橋書

十竹齋寫

> 汤顯祖
> 玉茗堂内
> 有貢茶

> 夜半清杯玉茗堂，一麾千里寄宜阳。
> 登朝积岁游何薄，失路逢知语自长。
>
> 明·汤显祖《送岳石梁仲兄西粤》

汤显祖　玉茗堂内有贡茶

二〇一六年是汤显祖逝世四百周年，上海还专门搞了一个"漫游牡丹亭"的活动来纪念这位戏剧大师。前年秋天，我去江西抚州的留坑村寻访。这是一个从唐代逐渐繁衍起来的董姓村落。在抚州，我顺便参观了汤显祖纪念馆和大剧院。

汤显祖，字义仍，号海若、若士、清远道人，临川（今属江西）人。万历十一年进士，任南京太常寺博士、礼部主事，是明代著名的戏曲家、文学家。汤显祖出身书香门第，其父亲汤尚贤是明朝嘉靖年间很有影响的学者。

万历十九年，汤显祖四十一岁。他对日渐腐败的朝廷和内宦外官的胡作非为深恶痛绝而秉笔上书，触怒了万历皇帝，被贬职至雷州半岛的徐闻做了个典史。徐闻算是大陆最南端了。我不知道为什么历朝历代皇上都喜欢把这些不听话的官员贬到雷州，比如宋代就有苏辙、寇准、李刚等官员被贬。大概因为过了琼州海峡就是海南岛了，朝廷觉得这就是天涯海角了吧。在徐闻一年后，汤显祖被召回到浙江遂昌做了县令。他去酷刑，减科条，修书院，把遂昌当成了实现自己理想的地方，甚至放囚犯回家过年，元宵节组织犯人观灯。这可给了政敌最好的把柄，有人扬言要把他赶走。汤显祖也有所耳闻，便提了辞职申请，不待批复就挂印回家了。

回到故乡，汤显祖开始戏曲创作。《还魂记》（又叫《牡丹亭》）、《紫钗记》、《南柯记》、《邯郸记》合成的"临川四梦"就是在这一时期完成的作品。其中以《牡丹亭》为最。北京朝阳门南新仓有青春版室内《牡丹亭》，我曾专程去观看，美得不得了。汤显祖不畏权势，洁身自好，连权倾一时的张居正也不放在眼里。张居正的政治改革得到了万历皇帝的支持，对于腐朽的明王朝来说，算是一针强心剂。但张居正一人独大，以权谋私，他想让自己的几个儿子都考上进士，就想拉几个人一起考。其中就点当时名声很大的汤显祖和沈懋学陪考。结果，沈懋学投靠了张居正，而汤显祖却拒绝了。这意味着在张居正当政的年代，汤显祖没有了入朝为官的希望，正如其说："吾不敢从处女子

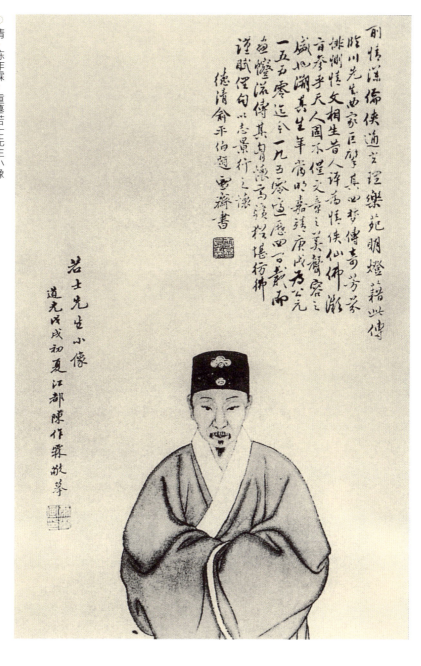

清　陈作霖　重摹若士先生小像

汤显祖唯一传世的造像，此系清道光年间陈作霖重摹者，上有毕生热爱昆曲且因《牡丹亭赞》一文知名的俞平伯先生题记。

失身也。"张居正死后，汤显祖几次被召作翰林，他都一概拒绝。这也是中国戏剧史的幸事，离开了临川，汤显祖不一定能写出像《牡丹亭》这样震撼世界的作品。

说起《牡丹亭》，还有一个传说。明代张大复的《梅花草堂笔谈》记载："娄江女子俞二娘，秀慧能文词，未有所适。酷嗜《牡丹亭》传奇，蝇头细字，批注其侧。幽思苦韵，有痛于本词者……"俞二娘在读《牡丹亭》时，深感自己与杜丽娘有同样命运，终日郁郁寡欢，抑郁而死。书页上"饱研丹砂，密圈旁注"，俞二娘在书上用蝇头小楷做了批注，可见用情专注，无法自拔。汤显祖听说了这一消息，作一首《哭娄江女子二首》诗曰：

⊙《牡丹亭》插图 - 走婚

其一

画烛摇金阁，真珠泣绣窗。
如何伤此曲，偏只在娄江。

其二

何自为情死，悲伤必有神。

一时文字业，天下有心人。

汤显祖死后，其同乡蒋士铨写了一部《临川梦》是专门写汤显祖的长剧，其中便有了俞二娘与汤显祖的梦中相会。正如其《牡丹亭》题词中说的："情不知所起，一往而深，生者可以死，死可以生。梦中之情，何必非真，天下岂少梦中之人耶？"

汤显祖酷爱饮茶。汤显祖在南京为官，离顾渚、阳羡不远，好茶是有得喝的。南京的官员没有事做，整天闲得发慌，不是吟诗作对、品茶饮酒，就是游山玩水、携妓唱曲。汤显祖就经常用贡茶款待书友们。其实汤显祖的家乡好茶也不少，资溪白茶是我最喜欢的。难得江西朋友每年送一些明前资溪白茶让我过瘾。汤显祖有了好茶不忘好友岳石梁。岳当时正赴任惠潮道参政。石梁、石帆昆仲，都是汤显祖的好朋友。在汤显祖诗文集中，都有提到石梁和石帆。汤显祖身在临川玉茗堂（汤给自己的书斋起名"玉茗堂"），想着远在西粤的好友，寄上明前新茶，聊表心意。

如今，每逢春茶下来，总有朋友送各地明前茶过来，书案一杯新茶，放一段昆曲《牡丹亭》，在香气袭人的茶烟中，以小楷抄几段《牡丹亭》词，再寄给送茶朋友，也算还一份雅债。

連村薑蔗之安居罨畫溪光畫
不如兩岸綠陰微雨後午簾花
韻試茶初遙山疊聲晴鋪絮隔
浦鳴榔夜打魚陽羨買田曾有
約沈吟此地十年餘

清人錢大昕茶詩一首
丁酉春月董聰橋書

錢大昕 新春初試陽羨茶

> 連村姜蔗足安居,罨画溪光画不如。
> 两岸绿阴微雨后,半帘花韵试茶初。
> 遥山叠巘晴铺絮,隔浦鸣榔夜打鱼。
> 阳羡买田曾有约,沉吟此地十年余。
>
> 清·钱大昕《宜兴道中》

钱大昕　新春初试阳羡茶

　　钱大昕在清朝也算是鼎鼎有名的大儒了,他从小就天赋超群。乾隆皇帝下江南,钱大昕因为献赋而获赐举人,做了内阁中书。不但免考,还年纪轻轻就进了尚书房,后来做了皇子的老师。与当时的纪晓岚齐名,称之为"南钱北纪"。

　　钱大昕,字晓徵,号辛楣,晚号潜研老人,又号竹汀,江苏嘉定(今属上海)人。钱大昕治学涉猎颇广,在经学、史学、金石、诗文等领域卓有成绩。这自然与其天分密不可分,但也得益于他早早看破官场,辞职回乡,讲学著书，才能成为儒学大家。

钱大昕最为有名的逸事是默坐观弈。据说有一次，钱大昕在朋友家看两位棋客下围棋。其中一位客人接连输棋，他讥笑客人水平不高，忘掉了观棋不语的古训，反而指手画脚，评论不断。钱大昕认为客人的棋术远不如自己。随后，客人请求与钱大昕对弈。没下几步，客人就已掌握主动。棋局到了中盘，钱大昕已难以支撑，丢棋认输。经计算，客人赢了他十三子（高手之间，输一两子即差距悬殊）。从此以后有人邀请他观看下棋，钱大昕只是默默地坐着再不多言。此事对钱大昕一生都有重要影响。他从中体会到，现在求学的人读古人书，常常非议古人的错误；与现在的人相处，也喜欢说别人的错误。人本来就不可能没有错误，但是试试彼此交换位置来相处，即所谓的换位思考，也能看到自己的失误。有智慧的人或是获得成功的人能从一件小事启迪自己，使自己一生都不会犯同样的错误，人和人的差别就在于此。

因为喜欢宜兴紫砂壶，我多次前往宜兴，也认识了一制壶、书画、茶艺等方面的朋友。宜兴人杰地灵，出过不少文化名人——徐悲鸿、尹瘦石、陈大羽、吴冠中，等等。紫砂泥在宜兴的出现算是上天给宜兴独特的财富。据说是一位神人引领当地老百姓在黄龙岗挖出了五彩泥，这才有了紫砂器具的出世。供春壶的传说，时大彬的发展，陈鸿寿的"曼生十八式"，加之明清时期制壶与文化艺术结合，才有了今天的紫砂壶艺术。

文前钱大昕的这首茶诗，对宜兴茶有详尽的描述。宜兴古称阳羡，唐时属于常州。说到唐代贡茶还真与陆羽有关系。罨画溪是阳羡的产茶区，不仅风光极佳，所产的茶也非常好喝。阳羡茶产地在今宜兴东南二十公里处。我的朋友张先生的茶园恰恰在"唐贡山"，所以称之为"贡茶园"。他邀我为其题写"清茗山房"并一副对联"半壁山房对明月，一盏清茗酬知音"。

茶圣陆羽也曾住在长兴县和宜兴县接壤的顾渚山一带。为了写好《茶经》，他在此种植和研制茶叶。有一次御史大夫李栖筠来到宜兴，有人送他阳羡茶品尝。李栖筠邀请嘉宾品茶论诗，席中就有陆羽。陆羽觉得阳羡茶香气足，口感清馨，建议李栖筠推荐给皇上。李栖筠赞同陆羽建议，于是在茶山下的罨画溪建制茶所，每年上贡朝廷，从此阳羡茶名扬天下。

钱大昕隐居嘉定，教学著书之余，喜欢喝茶。江浙一带的文人雅士把品茶作为一件文之余、诗之余、书画之余的雅事。钱大昕慕阳羡茶之名，于是驾车前往。车窗之外，山如叠髻，水似蓝带。一路风光，忘记了行路艰辛，车马劳顿，兴奋之余，马背吟诗。当他行到罨画溪，看到茶山碧绿，茶舍轻烟，想起当年苏东坡还想在宜兴买田筑屋，结果却被贬南迁。东坡之憾，不知钱大昕当作何叹？

八餅何須琢月輪不如
細啜越瓷新瀹憂銷耗
通宵醒元是秋堂少睡
人

清人金農茶詩一首
丁酉春日耽橋書

> 金農
> 新茶勿須
> 琢為餅
>
> 八餅何須琢月輪，不如細啜越甆新。
> 漫憂銷耗通宵醒，元是秋堂少睡人。
>
> 清·金农
> 《湘中杨隐士寄遗君山茶片奉答》

金农　新茶勿须琢为饼

君山茶是湖南岳阳君山所产，唐代就知名天下，清代时列为贡茶。金农一直喝的是用字画换来的龙井茶或是阳羡茶。清明过后，湖南姓杨的朋友寄来君山的散茶和饼茶请他品饮。君山银针的芽叶非常漂亮，芽头白毛茸茸，泡在水里有气泡，被人称之为"雀舌含珠"。金农喜欢君山的散茶。所以，他觉得没有必要将这么好的茶做成茶饼。不知是茶喝多了，或是有神经衰弱的毛病，诗人一夜未眠，一口气写了四首诗。这里选了其中一首。

最早知道金农是他的"漆书"体：笔画横粗竖细，字体修长。前无古人，后有学者。我不知道当时的传统书家是如何看金农的字，估计难以接受。我年轻时就对"扬州八怪"感兴趣，临摹过郑板桥的兰竹和李鱓的花鸟。那年冲着一句"烟花三月下扬州"来到古城扬州。一大早吃过富春茶社的灌汤包后，喝了一壶富春茶社自制的"魁龙珠"。这"魁龙珠"茶大有说法。据说是由扬州景吉泰创始人景鉴成向富春茶社老板陈步云建议并制作的；也有说是陈步云自己制作的。之所以叫"魁龙珠"是因为此茶是由浙江龙井、安徽太平魁针和福建珠兰按照比例调配出来的。这茶既有龙井的色，也有太平魁针的厚，更有福建珠兰的香，也就有了"一壶水烹三江茶"的美誉。扬州朋友知道我是爱茶之人，给我带了一斤。

"扬州八怪"纪念馆设在一个大院内，是昔日一位盐商的宅院。正面的大厅里有"扬州八怪"的塑像，我只是多看了金农和郑板桥两眼，均清瘦得很，虽说参考画像，反正谁也没见过，像不像没关系。走近后院的左侧有一处小偏院，院内有一间小房子。门口的指示牌说是金农曾经住过的地方。我趴在窗户上向里看去，屋子不大，光线很暗。我不太相信金农先生会住在这样的屋子里画画。那几天我突击读了金农的《冬心先生集》。

金农，字寿门，号冬心、曲江外史、耻春翁、稽留山民等。清康熙二十六年（1687），生于仁和（今浙江杭州）钱塘江边的金家。自幼研读古文诗词，拜毛奇龄、何焯为师。十七岁时，开始作诗，闻名乡里。三十岁时已名满江南了。在这一时期,他收藏了多达上千卷的金石、字帖,对其以后的书画风格产生了很大影响。起初金家是望族,直到其父去世,家道中落,于是金农辗转至扬州定居。他喜欢这里的繁华和文化。这里的画家完全不像京城的专职宫廷画师,由皇上养着宠着,吃喝养家不愁,拿着大把银两画着皇上喜欢的画。可对于皇城外的画家们来说,生存是一个大问题。只有在扬州这个富庶的城市和一批附庸风雅的盐商的支持下,画家们才能挺直腰杆过着"扬漂"的日子。精神上的自由自尊,画法上的随心随意,成就了"扬州八怪"。正如明代画家唐寅诗句曰:"闲来写就青山卖,不使人间造孽钱。"金农很自然地被当地官员、盐商所接受,他的艺术在这里落地了。

金农两次应试未中,绝念仕途。从此,淡泊名利,潜心书画,"漆书"应运而生。他有自度曲《题自画江梅小立轴》写梅花也繁华枝茂:

耻春翁,画野梅,无数花枝颠倒开。舍南舍北,处处石粘苔。最难写,天寒欲雪,水际小楼台。但见冻禽上下,嗅香弄影,不见有人来。

我一直认为金农诗第一,字第二,画第三。晚年,金农再回扬州住在庙宇,体弱多病,穷困潦倒。乾隆二十八年(1763),金农病死在佛舍,享年七十七岁。后由其弟子罗聘扶柩归葬于杭州临平黄鹤山。

◉ 清·金农－玉川先生煎茶图

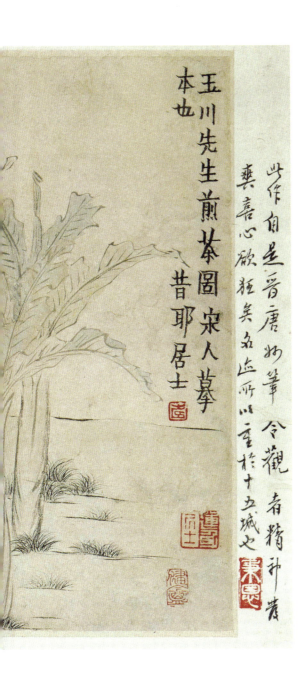

屋外,斜阳暖暖地照射进来。净几上,泡一杯阳羡绿茶。打开扬州八怪之金农画册,一幅水墨梅花怒放在面前:老干新枝,斜插横影,梅花一团一团挤着开放,密密的,如泻下的花瀑。梅香从册页中溢出,连泡着的新茶,满屋皆香。金农自称六十始画竹,后画梅、画马、画佛,居然如此有天分,或是辛苦得来,不然怎么会是"少睡人"?

閑情

閑情 第二

明·仇英 赵孟頫写经换茶图

飽食緩行新睡覺
一甌新茗侍兒煎
脫巾斜倚繩牀坐
風送水聲來耳邊

唐人裴度詩一首
董聰橋書

> 裴度
> 閒情依舊
> 喜新茶
>
> 饱食缓行新睡觉，一瓯新茗侍儿煎。
> 脱巾斜倚绳床坐，风送水声来耳边。
>
> ——唐·裴度《凉风亭睡觉》

裴度　闲情依旧喜新茶

唐宪宗时，裴度出尽风头。裴度不仅诗文好，还能带兵打仗，运筹帷幄。元和十二年（817），鉴于前线指挥官无能，皇上派遣裴度带领大军连夜奔袭蔡州，活擒吴元济，震慑河北藩镇，结束了唐代藩镇叛乱的局面，天下暂时得以稳定。在削藩平叛中，裴度功不可没，因而转升宰相，获封为晋国公，世称裴晋公。

裴度，字中立，河东闻喜（今属山西）人。河东闻喜的裴氏非常有名。自秦汉魏晋兴起，经历六朝，到了隋唐红极一时，这种宏盛一直延续到宋代。书中记载，裴氏家族先后出过五十多位宰相、五十多位大将军。闻喜有一个叫"裴柏村"的地方，被人称为"宰相村"。我老岳父是闻喜裴社乡人，不知与裴氏有无关系。我曾经去过一次裴社乡，那里山清水秀，树木葱郁，倒是一处风水宝地。后来由于山上人口迁到山下，村子里已是人去屋空了。裴度在朝任将相先后达二十多年，建功无数，后来宦官专权，他看淡官场，辞官退居到洛阳。其实，对于像裴度这样的有功之臣，退隐是最好的选择。尤其建有大功者，或是开国，或是平叛，或是救主。有人恃功自傲，耀武扬威，此类人大多下场不善；也有人功高盖主，却能低眉顺眼，低调行事，谨慎小心，如履薄冰，他们知道，等到皇位坐稳，皇帝一定会先拿那些自以为是的人开刀。历史的经验告诉我们：处事一定要摆对位置，君臣间、上下级，绝对不可模糊。比如唐代名将汾阳郡王郭子仪，平叛安禄山功高盖世，却不忘皇恩，处处谨慎小心，方得善终。他儿子郭暧娶了升平公主为妻。小夫妻吵架，郭暧一句"你家的江山是我家打下的"，吓得郭子仪浑身发抖，差点宰了自己的儿子。

　　裴度眼见宦官当道，恐殃及自己，选择随世俗沉浮以避祸，安度晚年。每日里饱食终日，无所用心，煎茗品尝，怡情悦性。似乎在朝为官的古人，辞官或隐居大多不回故里。比如王安石是江西临川人，却落户南京。裴度同样没有回闻喜老家，而是选了一处自己喜欢的地方，盖房修园，实现自己"嵩阳旧田地，终使谢归耕"的梦想。裴度的一首《傍水闲行》诗表达了当时的心态：

> 闲余何事觉身轻，暂脱朝衣傍水行。
> 鸥鸟亦知人意静，故来相近不相惊。

我喜欢裴度描述自己在洛阳别墅的一首《溪居》诗：

> 门径俯清溪，茅檐古木齐。
> 红尘飘不到，时有水禽啼。

定居洛阳后，裴度常常与诗坛文友白居易、刘禹锡、李绅、张籍等饮酒和诗。裴度爱作诗也爱题诗。一年，与敌对阵于淮西，曾题名"华岳庙"于阙门。大顺（890—891）中，户部侍郎司空图以一绝以记之：

> 岳前大队赴淮西，从此中原息战鼙。
> 石阙莫教苔藓上，分明认取晋公题。

看来裴度的名气大，对自己的书法非常自信，认识他字的人也很多。裴度与白居易还有一段趣闻，留在《全唐诗话》中。白居易闻知裴度有一匹汗血宝马，甚想得到，但不好开口。裴度喜欢白居易的为人和诗才，便将马送与白，还题诗戏曰："君若有心求逸足，我还留意在名姝。"意为：要马可以，但是要用最好的姑娘送我做妾。白居易知道了，也回《酬裴令公赠马相戏》诗一首：

安石风流无奈何,

欲将赤骥换青娥。

不辞便送东山去,

临老何人与唱歌?

那个年代文人相戏,也是一件雅事。

裴度晚年生活一改庙堂之上的板脸严肃,免去了五更上朝的辛苦。每日斜倚绳床,写字读诗,看侍儿扇炉火勤煎茶,观铛中蟹眼先鱼眼后(蟹眼,比喻水初沸时泛起的小气泡;鱼眼,水烧开时冒出的状如鱼眼大小的气泡,旧时常据此说明水沸的程度),端上来抿一口,好水好茶,舒心舒肺,裴相爷总算过上理想的日子了。

◉ 南宋·刘松年 - 卢仝烹茶图

只是危吟坐翠層門
前岐路自崩騰青雲
名士時相訪茶煮西
峰瀑布冰

錄五代高僧貫休詩
丁酉春月耶橋書於京東

贯休 静衲禅袍煮香茗

> 只是危吟坐翠屋，门前歧路自崩腾。
> 青云名士时相访，茶煮西峰瀑布冰。
>
> 五代·贯休 《题兰江言上人院》（其二）

贯休　静衲禅袍煮香茗

说起五代高僧贯休，名气大得如雷贯耳。佛家公案中有不少他的故事。关键是他的诗作得好，贯休绝对是以诗成名。《全唐诗》共选了他七百一十八首诗。

贯休，俗姓姜，字德隐，婺州兰溪（今属浙江）人。从小记性特别好，每天诵《法华经》一千字，过目不忘。弱冠即诗名大震。贯休年轻时，不甘平庸，为寻求发展平台，到处递诗求职。但他为人清高执拗，不为人所接受。钱镠自称为吴越国王，贯休向其投诗，以示才华。钱镠拿过来一看，诗曰：

> 贵逼身来不自由，几年勤苦蹈林丘。
> 满堂花醉三千客，一剑霜寒十四州。
> 莱子衣裳宫锦窄，谢公篇咏绮霞羞。
> 他年名上凌烟阁，岂羡当时万户侯。

钱镠一看，诗不错，可是诗中说到"十四州"，那不行。钱传谕给贯休说，如果改成"四十州"才可以晋见。贯休一听，长叹一声曰："州亦难添，诗亦难改。闲云孤鹤，何不可飞！"贯休辗转来到四川，同样给当地官员王建投了一首诗（此王建非诗人王建。因为诗人王建在贯休出生前许多年就去世了）。诗曰：

> 河北河南处处灾，惟闻全蜀少尘埃。
> 一瓶一钵垂垂老，万水千山得得来。
> 秦苑幽栖多胜景，巴歈陈贡愧非才。
> 自惭林薮龙钟者，亦得亲登郭隗台。

王建一看，写到他心里了，即将贯休留在府中，奉为上宾。

我们知道贯休有一首禅诗《书石壁禅居屋壁》最为脍炙人口，诗曰：

赤旃檀塔六七级,

白菡萏花三四枝。

禅客相逢只弹指,

此心能有几人知?

说起此诗还有一段公案。贯休对自己的这首诗非常满意,他觉得自己离开悟不远。便将诗呈给石霜禅师。石霜看后默默地把诗放在一边,问他:"如何是此心?"贯休答不上来。石霜说:"你问我答。"贯休随即反问。石霜说:"能有几人知。"贯休听罢,恍然明白,自己还没有到开悟境界,只是从作诗的角度写了一首好诗而已。就我等凡夫俗子来看,其中禅意已经很深了。

⊙ 五代·贯休-禅月心缘

说起来，茶和僧人渊源极深，最早种茶、制茶、饮茶还是寺庙中的僧人所为。他们将茶作为诵经功课之余提神安心、清涤身体的绝好饮品，并将禅茶互为影响，出现了与茶有关的佛家公案。最为著名的就是赵州禅师的一句偈语："吃茶去！"棒喝出多少佛门内外的痴迷者。贯休写有《山居诗》，共二十四首。其中有："好鸟声长睡眼开，好茶擎乳坐莓苔。""闲担茶器缘清障，静衲禅袍坐绿崖。""石垆金鼎红藁嫩，香阁茶棚绿蠛齐。"隐居山中的贯休，远离红尘，静心念佛，吃茶就成了一件他生活中不可或缺的事。

贯休性孤傲，却喜欢交友。他特别喜欢游览名山大川，拜访高僧禅师，常常以诗会友，以茶待友。他写的《赠灵鹫山道润禅师院》诗，还提到了茶：

> 常恨烟波隔，闻名二十年。
> 结为清气引，来到法堂前。
> 薪拾纷纷叶，茶烹点点泉。
> 莫嫌来又去，天道本泠然。

二十年前就知道灵鹫山道润禅师院大名，今天终于来到堂前。现拾柴薪点火炉，即汲泉水煮香茗，不要嫌我来了又要走，天道就是这样，来去也自然。贯休有一诗友，名齐己。齐己也是一位高僧，诗的名气很大，写了很多茶诗，最有名的是《咏茶十二韵》。陆羽去世一百年后，齐己来到陆羽故居游览，留下了《过陆鸿渐旧居》诗：

> 楚客西来过旧居，读碑寻传见终初。
> 佯狂未必轻儒业，高尚何妨诵佛书。
> 种竹岸香连菡萏，煮茶泉影落蟾蜍。
> 如今若更生来此，知有何人赠白驴。

可见齐己也是个茶痴。齐贯两人以诗齐名，曾合著有《西岳集》十卷，吴融为之作序。后贯休在四川去世，享年六十一岁。他死后，齐己痛心不已，以笔沾泪写了一首《闻贯休下世》诗悼念贯休。诗曰：

> 吾师诗匠者，真个碧云流。
> 争得梁太子，重为文选楼。
> 锦江新塚树，婺女旧山秋。
> 欲去焚香礼，啼猿峡阻修。

贯休在天之灵，也被感动。他一定给齐己托梦，两人就着诗吃茶，茶越煮越香，诗也越读越耐读了。

石碾輕飛瑟瑟塵乳
等烹出建溪眷壺間
絕品人難識開對茶
經憶古人

錄宋人林逋茶詩 董聰橋書

林逋 孤山可品建溪春

> 石碾轻飞瑟瑟尘，乳花烹出建溪春。
> 世间绝品人难识，闲对茶经忆古人。
>
> ——宋·林逋《烹北苑茶有怀》

林逋　孤山可品建溪春

我每次去杭州必去孤山。山顶上有一间极普通的茶社。老式的电镀折叠桌椅，几个不太干净的玻璃茶杯，一碟五香瓜子，一个塑料外壳的暖瓶。新龙井倒是在沸水的冲泡下出枪扬旗，郁郁葱葱。饮一口茶，看一眼山下美景，整个西湖尽收眼底，一览无余。正如明末清初文学家张岱所描述的：湖中，一痕长堤，数芥小舟，几粒舟中人。去孤山有朝圣的意思，不仅因为有西泠印社，还有一位我崇拜的诗人：北宋初时的诗人林逋就住在孤山脚下。

林逋，字君复，号和靖，钱塘（今浙江杭州）人。此人少孤力学，熟读经典，恬淡好古，不趋荣利，崇尚古时隐士。在游遍江淮后，四十多岁结庐于孤山，隐居不出。据说林逋二十多年不进城市，却常常驾着小舟往来于各寺庙，拜访高僧。如有客至，家里的童子便放鹤，林逋见鹤即棹舟返舍。林逋种梅养鹤，终身不仕不娶，以梅为妻，以鹤为子，号称"梅妻鹤子"。天圣八年（1029），林逋六十一岁逝世，埋在了孤山脚下。林墓至今成了西湖一景。林逋虽然隐居，却诗名极高。他与丞相王随、杭州郡守薛映均皆是诗友，与范仲淹、梅尧臣也有诗唱和。加上他的侄子林彰、林彬都在朝中任职，满朝皆知林逋。他死后，宋仁宗感慨万分，赐谥"和靖先生"。这对林逋家族来讲是一件光宗耀祖的事情。南宋灭亡后，有盗贼掘墓，原以为是名人之墓，必定有些值钱的物件，谁知只盗得端砚一方、玉簪一支。据史料记载，清嘉庆年间（1796—1820），林则徐主政杭州，主持修缮孤山林逋墓，发现有石碑所记，林逋是有后代的，只是丧偶后再不续娶。为什么用一只玉簪陪葬，成了林逋一生永远解不开的谜。

关注林逋还是从他的诗开始。"疏影横斜水清浅，暗香浮动月黄昏。"这两句咏梅千古绝唱成了亭台楼阁、山房水榭的首选楹联。林逋咏梅诗多，除了前面提及的，还有"横隔片烟争向静，半粘残雪不胜清""雪后园林才半树，水边篱落忽横枝"等。此外，他的茶诗也不少，比较知名的有"春烟寺院敲茶鼓，夕照楼台卓酒旗"。有意思的是，林逋写诗从来不留，随写随丢。

如果不是有心人留意，我们都难得见到他的数百篇佳作。

唐宋时的杭州已是知名的产茶之地，尽管那时龙井茶尚未出现，但杭州天竺、灵隐两座寺庙就有产茶的记载。但在开篇诗中，林逋写的却是福建的建溪茶。当时的建溪茶应该还是贡品，建溪茶大概也不是一般人所可以品尝到的。不过按照林逋在当时的名气，得到建溪茶应该不难。陆羽在《茶经》中没有提到建溪茶，这和唐时的地域、信息、交通有关。就如同今日的普洱茶也未在宋代的古籍留下记载一样。我曾经翻阅茶诗，关于普洱茶的古茶诗出现已是明末清初了。人所不能至，茶亦不得名。至今的云南大山里，少数民族老寨，人迹罕见之处，还有数百年甚至上千年的古茶树仍未被发现。但是如果交通便利，也未必能留下这些古茶树让后人品饮。

后来的历朝历代多有以林逋人像为题作画，多是隐士形象：或庐中饮茶，或观鹤起舞，或倚梅读书，或与友畅谈。但不一定与诗人的生活相符。我眼中呈现的却是另一幅画面：孤山脚下，茅庐之外，林逋倚在一棵老梅树旁，一只鹤在翩翩起舞，雪地上留下鹤爪印。一童子在树下扇炉煮茶，袅袅茶烟，飘然而上，诗人诗兴大发，摇头晃脑吟唱：

秋景有时飞独鸟，夕阳无事起寒烟。
迟留更爱吾庐近，只待春来看雪天。

揚子江心第一泉南金
来北鑄文淵男兒斬却
樓蘭首開品茶經拜羽
儀

錄宋人文天祥詩
丁酉春月董聰橋書

> 文天祥
> 閒飲佛茶
> 養正氣
>
> 扬子江心第一泉，南金来北铸文渊。
> 男儿斩却楼兰首，闲品茶经拜羽仙。
>
> 宋·文天祥《咏茶》

文天祥　闲饮佛茶养正气

文天祥的《过零丁洋》，我自小就会背诵。那一句"人生自古谁无死，留取丹心照汗青"直到成人后才重新理解，读时顿觉热血澎湃。所以，一说到文天祥，总是浮现其英勇形象——威武不屈，大义凛然。其实，文天祥也是南宋著名的文人，诗词文章均占有一席之地。著有《文山诗集》《指南录》《正气歌》等。只是其文采被其英雄事迹所掩盖。

文天祥，字宋瑞，一字履善，号文山，吉州吉水（今属江西）人。文天祥相貌堂堂，身材伟岸，皮肤如玉，眉清目秀。宝祐四年（1256），进士第一。状元郎加上年轻帅气，人见人爱，可见当时文天祥被追捧的程度。在南宋朝廷中，文天祥是一位坚定的主战派，并在朝廷重用主和派的情况下，依然力主抗元，连忽必烈都佩服他。宋度宗时，担任过赣州知州。德祐次年（1276），官至右丞相兼枢密使，出使元军议和，被扣留。后脱险，由海路南下，至福建与张世杰、陆秀夫等与元兵抗衡。景炎二年（1277）进兵江西，不久为元重兵所败，退入广东，仍未放弃抵抗。次年十一月，在五坡岭（今广东海丰北）兵败被俘。

文天祥被俘后，有人说南宋人中没有比文天祥更优秀的，元人朝中也有汉人多次为文天祥求情，忽必烈也想收拢南宋文人为其服务，但文天祥却抱定求死不降信念。忽必烈召见文天祥说："你有什么愿望？"文天祥回答道："天祥深受宋朝恩德，身为宰相，哪能服侍二姓？愿赐我一死就满足了。"忽必烈不忍心，虽数番犹豫，但还是下决心杀他。文天祥在燕京囚禁了四年后，被杀害于柴市。临刑前文天祥向南跪拜，从容不迫。那一年他四十七岁。他的妻子欧阳氏为他收尸，天祥面如生者。而早在景炎三年（1278）八月，文天祥的母亲已在战乱中去世。虽说文母没有像岳飞母亲那样在文天祥脊背上刺"精忠报国"，但也从小教育他：忠于朝廷，热爱国家。文天祥是个大孝子，母亲去世后，他悲痛不已，却仍未忘母亲教诲，写了《邳州哭母》，诗中说："母曾教我忠，我不违母志。及泉会相见，鬼神共欢喜。"

文天祥赶上了那个年代，那个英雄与奸臣同朝为官、斗争不止的朝代。文天祥的主战行为引起奸臣贾似道不满。贾似道在西湖边有个别墅叫"半闲堂",是个玩耍之处,引得我当年设书斋为"半闲堂"还腻歪好久。咸淳六年(1270)贾似道命下属奏劾罢免了文天祥,使文天祥的梦想破裂。以至于文天祥被俘后还在燕京狱中写诗大骂奸臣贾似道:"苍生倚大臣,北风破南极。开边一何多,至死难塞责。"想起国破家亡,他感慨万分,为了汉家社稷,凄然而泣:

先帝弓剑远,永怀侍芳茵。
今朝汉社稷,为话涕沾巾。

如果他选择了投降或者顺从,生命就得以保全,文采也得以施展,妻女更得以团圆。但他却选择了"生为大宋臣,死为大宋鬼"的结局。读文天祥的诗句,大多饱含战乱后忧国忧民、励志杀敌的情怀,就连闲品茶时也不忘"男儿斩却楼兰首"。但文天祥就没有向往过神仙逸士的生活吗?我看也未必。从现存的文献看,文天祥曾经受一位高人指点,并有所感悟,记下一首《逢有道者》诗。诗云:

谁知真患难,悟此大光明。
云散天仍在,风休水自清。

⊙ 文天祥像

> 功名几灭性,忠孝太劳生。
>
> 此意如能会,神仙亦可成。

但是文天祥在宋廷有难之时,即使有追求神仙般生活方式的目标,也还是义无反顾地投入到战斗中去。

文天祥还有《游青原》诗:

> 空庭横蠨蛸,断碣偃龙蛇。
>
> 活火参禅笋,真泉透佛茶。
>
> 晚钟何处雨,春水满城花。
>
> 夜影灯前客,江西七祖家。

佛教由汉代传入中国,与中国儒道相融,成为中国禅宗,为社会各界所接受。禅僧在禅坐的修炼中体会到茶可以提神醒脑,清除疲乏,还能补充水分,因此茶与禅有了不解之缘。寺院四处广置茶园,茶由僧人种植、采摘、制作。历史上最有名的佛茶为"普陀佛茶""蒙顶佛茶"和"九华佛茶"。文天祥在抗战当中多次被朝廷罢免,从而有闲与高僧交往,也领略到佛茶的悠远清香,使他在激奋中多了几分安定,感悟到了忠孝的真谛。已知"功名几灭性,忠孝太劳生",却能忘却神仙般的生活,选择"留取丹心照汗青",实在可歌可泣,可悲可慕。其实,不论哪种生活方式,有茶就好。

明·陈洪绶 煮茶图

龍井源頭問子瞻我愛生來年
近禪泉從石出情宜冽茶自峰
生味更圓此意偏於廬土得之
情那許俗人專蔡襄鳳辮蘭芽
貴不到茲山識不全

明人陳繼儒試茶
丁酉春日 聰橋書

> 陳繼儒
> 小窗獨飲
> 是茶神
>
> 龍井源頭問了瞻,我亦生來半近禪。
> 泉從石出情宜冽,茶自峰生味更圓。
> 此意偏於廉士得,之情那許俗人專。
> 蔡蔡夙辯蘭芽貴,不到茲山識不全。
>
> 明·陈继儒七律《试茶》

陈继儒　小窗独饮是茶神

年轻时,我就爱读陈继儒的《小窗幽记》,便记住了这位文学家;后来,看了陈继儒的水墨梅花,才知道他书画兼工。读了陈继儒的《茶董》小序,才知晓陈眉公对茶的独到见解。

陈继儒,字仲醇,号眉公、麋公,华亭(今上海松江)人。陈继儒二十九岁就看破官场险恶,焚儒衣冠,绝意仕途,隐居昆山,后筑室东佘山,杜门著书。虽说是隐居,却与官绅显赫、三吴名士多有来往。比如与董其昌就交往过密。陈继儒和董其昌是老乡,而且在书画方面皆为当时领军人

明·陈继儒－云山幽趣图

物。董其昌曾特地为他建造了"来仲楼"请他去住。这一点被当时人们嗤之以鼻。据清朝梁恭辰的《巧对续录》里记载，陈继儒在王荆石家遇到一位显宦。显宦问王荆石："此位是何人？"王荆石答曰："山人"。显宦曰："既是山人，何不到山里去？"以此讥讽陈继儒。吃饭的时候，显宦出令："首要鸟名，中要《四书》，末要曲一句承上意。令曰：'十姊妹嫁了八哥，八口之家，可以无饥矣。只是二女将靠谁？'"众客寂然，摇头莫能对，显宦喜形于色，众人将目光落在陈继儒身上。陈继儒对之曰："画眉儿嫁了白头翁，吾老矣，无能为也矣，辜负了青春年少。"对得如此巧妙，这是陈继儒的功夫。不过他名为隐居，又与官宦周旋大概也是事实。陈继儒因为文章好，常常被邀来写文章。求文者借助陈继儒的大名来抬高自己的身份。就是这种应酬文章，陈继儒都能"立片酬应"，而宾客没有不满意而归的。但是对朋友求文，他却是认真应对，不敢丝毫马虎。

江阴进士夏树芳（字茂卿）与陈继儒是好朋友，对酒和茶均有研究。夏茂卿收集了很多珍贵史料编辑成书，其中《酒颠》和《茶董》（"茶董"就是"茶史"的意思）都在酒茶文化史上有重要影响。这两本书与陈继儒有关。夏茂卿的《酒颠》写好之后，请陈继儒为其作序。陈继儒喜欢写这一类的小品文，他用了不到二百字写就了《酒颠》的小序。序中说："予不食酒，即饮未能胜一蕉叶，然颇谙酒中风味。"蕉叶就是一种酒杯，形状类似蕉叶。

◎ 明·陈继儒 - 书画合册

陈继儒说他虽然并不能饮酒，但他却赞赏白居易对酒的说法："吾尝终日不食，终夜不寝，以思无益，不如且饮。"陈继儒不仅帮夏茂卿写了《酒颠》小序，他还知道夏茂卿收集了许多茶史资料，建议夏茂卿再写一本关于茶的书，并答应为其写序。随后，夏茂卿撰写了《茶董》。陈继儒为《茶董》写小序，得心应手，不仅要比《酒颠》的好，而且长。陈继儒说："独饮得茶神，两三人得茶趣，七八人乃施茶耳。""神"是神韵，"趣"是趣味，今天我们饮茶仍然能体会到，所以我在七人以上的茶席不喝茶。陈继儒十分认可苏轼的"新泉活火"之说，但对唐宋时磨茶制饼、煮茶时加盐用姜的方法十分不认可。他认为在自然生态下采摘的嫩芽，旗枪绝佳，色香互映，如果按前人的

明·陈继儒－书画合册

饮法岂不坏茶了吗？中国茶文化经历了一千多年的发展，其饮法也是逐步改善。唐朝及北宋前期，饮茶时加入香料或盐，直到宋中期之后才改为煮茶清饮，明中后期才改为今天的泡茶。陆羽时代以及苏轼、黄庭坚、蔡襄时代，尽管他们对茶论茶史有重大贡献，但是不得不遗憾于他们对散茶清饮的好处认识不足。陈继儒之所以能说出这样的观点，是因为他很幸运地从明末的饮茶方式中体验出了茶怎么才好喝。从今天看来，唐宋饮茶时将茶磨成粉膏状，压成屑饼状，以及煮茶时添加香料、草药、盐姜等，这些与泡茶没有关系。如果现在饮茶换成如此喝法，绝对感觉另类。

陈继儒分别写了茶酒的两篇序，将茶与酒做了一个对比，答案是公平的。《茶董》序中有云："热肠如沸，茶不胜酒，幽韵如云，酒不胜茶。酒类侠，茶类隐，酒固道广，茶亦德素。"这句话成了后世评价茶酒的警言。其实陈继儒对茶还是有偏好的，不然他不会觉得夏茂卿写酒不写茶，是对茶神不敬。

依樓新柳綠韻土采充
茶玉隴嵌春苦杯雲墮
碧芽稱無酥酪味澆此
菜園佳三盞能去煩懣
冠綴杏花

錄傳山茶詩一首
丁酉春月聰橋書

傅山 好茶自有好友赠

依楼新柳绿，韵士采充茶。
玉陇猴春苦，杯云陀雀芽。
称无酥酪味，浇过缀杏花。
三盏能去烦，满过缀杏花。

明末清初·傅山《黄玉柳贡茶》

傅山　好茶自有好友赠

我与傅山同乡。二十世纪七十年代，我工作过的发电厂距离傅山做道士隐居的崛围山不远，向西跨过汾河就是。每逢秋季，必约工友登山赏红叶。最早知道傅山是源于他自创的一种早餐"清和元头脑"。许多外地人既吃不惯也不明白——为什么与头与脑没有一点关系的早餐叫作"头脑"？甚至不少当地人也是一头雾水。对此我专门进行过研究，并记入了我的散文集《半闲堂闲话》，此处不再絮叨。

傅山，字青竹，改字青主，有真山、浊翁、石人、朱衣道人等别名。山

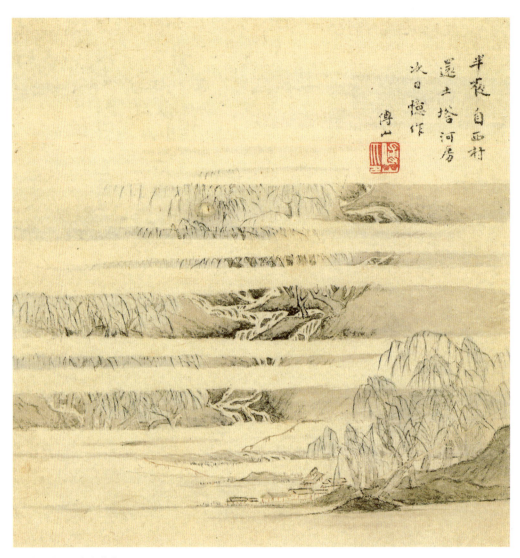

○ 清·傅山 - 山水花卉册

⊙ 清·傅山 - 山水花卉册

西阳曲（今太原）人，是明清之际重要的思想家、文学家、书法家、医学家。说医学家，是因其所著的《傅青主女科》是非常著名的中医文化遗产；说书法家，是因其书法从清代始至今都有很大影响。傅山自幼习钟繇、"二王"。他极力推崇颜真卿，称"作字如作人，亦恶带奴貌"。傅山虽然早年也学过赵孟頫，但称赵孟頫其字媚人也媚，即使书法再好也是软骨。不过，傅山到晚年还是承认赵孟頫为数百年之大家。有传说，太原城内鼓楼街有鼓楼一座，数丈之高。鼓楼上面悬挂一匾"声闻四达"，其"达"字少了一点。督造此事的官员请傅山来看怎么补救。傅山以棉花沾墨，绑在箭头上，拉弓射匾，正好射在缺"点"处。这也太神话了，未必可信。傅山在书法理论中提出了著名的"四宁四勿"："宁拙勿巧，宁丑勿媚，宁支离勿轻滑，宁直率勿安排。"这一学书理论影响了几代人。傅山的理论是对流行的馆阁体的抨击，称"写字无奇巧，只有正拙。正极奇生，归于大巧若拙已矣"。有些学书者以丑为美，结果丑书泛滥，不能不说是对傅山理论的歪曲应用。傅山善草书，很多书家临摹其作品，但只是得皮毛而已。傅山草书一笔到底，气脉相连。多少人临摹其字，双钩即没有了生气，

稽者匿丣問於堯曰天王之意何以珪珪曰吾
不教無告不廢窮民苦死者嘉孺子而哀婦人此吾所以用心已匿丣曰笑則笑而德匿丣曰天德而
笑而哀而未大也堯曰然則何如匿丣曰天時之行
出寧子曰月怊而四時行彭脓則
有經雲行而雨施
呼子天之合也我合也夫天地者
古之也而黃帝堯廢匿丣之所以笑也故
古之王天下者奚為哉天地而已矣

临帖则没有了气脉。何况傅山爱造生字，其字极耐琢磨。我看过他的画，不如字。历代书法界对傅山书法评价极高，当代书法评论家白谦慎认为傅山是中国十七世纪书法嬗变的代表。这个评价引起争论，不少人认为有些过高。

傅山一生有三件大事不得不提。一是青年时期，作为山西学生的领袖为声援被宦官诬劾被逮捕的山西按察使提学佥事袁继咸，带领学生代表进京请愿。傅山冒着生命危险，搞了近半年的运动，终于取得胜利。二是中年时期，秘密从事反清复明二十余年，顺治十一年（1654）被捕入狱，严刑拷打，坚定不屈，绝食九日，心存必死信念，后经多方努力才获释出狱。出

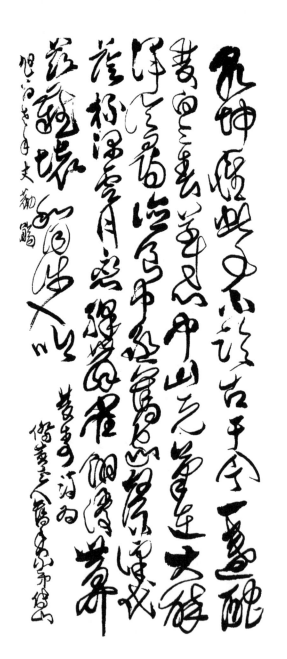

⊙ 清·傅山－草书双寿诗

狱后仍然深感憾恨,有诗句"有头朝老母,无面对神州"。晚年时,主要著书立说,并与有共识的文化人士多有交往,如顾炎武、孙逢奇、屈大均,以及朱彝尊、阎若璩等。三是年逾古稀时,康熙为拉拢民间文化人士,开办博学鸿词科考试,朝廷点名傅山参加,傅山称病拒绝,后被地方官强行抬往京城。傅山于离京三十里处,抵死不进京,绝食七日,地方官只好把傅山放回原籍。著名晋剧表演艺术家谢涛主演的晋剧《傅山进京》说的就是这一段。这些壮举足以说明傅山特立独行的个性,这在当时的知识分子中是难能可贵的。

说起喝茶,我相信傅山一定有好茶喝。山西不产茶,却不缺好茶,当年晋商由武夷山采茶制成茶砖从杀虎口出,经蒙古运往沙俄。后因太平天国战乱,改在两湖之地采茶制茶,至今当地还有晋商留下的印迹。傅山不愿在清朝为官,却交了不少朝廷命官,能品到贡茶一点都不奇怪。其隐居之地常有官员及各地学子来访:吟诗作对,书画交流,饮酒品茶。当新柳吐绿,春茶上市,与高雅之士约在汾水畔的茶楼。那时的品茶已是泡茶喝了,白瓷杯泡绿茶新芽,格外好看,饮三杯即去烦恼,神清气爽。对这位反清复明失败,又不愿意屈身于清朝政府的明朝遗民而言,山乡可以隐居,又可品江南好茶,会天下英才,岂不是一个好去处?

思饮
第三

思飲

明·王问 煮茶图

暖牀斜臥日曛腰一覺閒
眠百病銷盡日一湌茶兩
碗更無所要到明朝

錄白居易詩一首
丙申仲夏董服橋書
於京東半閒堂

> 白居易 酒渴晚送一瓯茶
>
> 暖床斜卧日曛腰,一觉闲眠百病销。
> 尽日一餐茶两碗,更无所要到明朝。
>
> 唐·白居易《闲眠》

白居易 酒渴晚送一瓯茶

我记得儿时学背唐诗,第一首既不是孟浩然的《春晓》"春眠不觉晓",也不是王维的《相思》"红豆生南国",更不是李绅的《悯农》"锄禾日当午",而是白居易的《问刘十九》:

> 绿蚁新醅酒,红泥小火炉。
> 晚来天欲雪,能饮一杯无?

是和四合院里的一位老先生学的。虽然我不懂什么意思,只是觉得上口、好

⊙ 白居易像

读，因此也就知道了白居易。

唐代的白居易和宋代的苏东坡都是爱茶、懂茶之人，两个人有许多相同之处：都曾在朝中为官，都曾被贬谪至杭州，都在西湖上修堤；而且二人都将诗、禅、酒、茶作为自己的至好，并都以乐观心态面对官场中经历的人生动荡。白居易留下的茶诗有五十多首，苏东坡也留下七十多篇咏茶诗赋。两位的诗词集都是我案上常摆、常读之书。

白居易，字乐天，晚年号香山居士。其先祖也算是我的同乡，太原（今属山西）人氏，后迁居下邽（今陕西渭南北）。白居易从幼年起就苦读诗书，读到嘴生疮、手生茧，早生华发。《全唐诗话》说，白乐天未及成年便去京城闯荡，拿着自己的文章到处请教。一日，他来到朝中秘书郎顾况家，投一个帖子进去。顾况一看，对身边人笑说："长安米贵，居大不易。"戏谑白居易年轻不知深浅。可当他读到白居易《赋得古原草送别》诗中有"野火烧不尽，春风吹又生"时十分惊讶：我本以为斯文已绝，今天遇到此人，前面说的该是玩笑了。此事可见白居易从小文采过人，自信满满。白居易不仅自信，而且乐观，曾有诗句说道："无事日月长，不羁天地阔。"唐代诗人中，白居易的诗独树一帜，叙事长诗、律诗绝句，样样都是高手。白居易的诗好懂。据《墨客挥犀》记载："乐天每作诗，令一老妪解之。妪曰解，则录之。不解，则不复录。"清代大学者俞樾认为此语不然。他说："盖诗人用意之妙，在乎深入而显出，入之不深，则有浅易之病，出之不显，则有艰涩之患。"我也不太相信白居易的诗老太太都能懂，除非老太太也是个诗人。

白居易喜欢喝茶，与其在杭州做刺史有关。喝茶成了他官场之外的闲情雅事。而且他还总结出了一套喝茶的见解：以茶交友，多与品茶高手相交；以茶解酒，多在醉后饮茶易恢复神智；以茶解腻，多在饱餐后饮茶；以茶消食，多在午睡后饮茶，以茶醒脑。另一首白居易的诗《谢杨东川寄衣服》更容易引起我的共鸣：

年年衰老交游少，处处萧条书信稀。

唯有巢兄不相忘，春茶未断寄秋衣。

一位朋友曾在杭州一家酒店任总经理多年,每年清明时给我寄一斤明前龙井。每次收到茶,我就会想起这首诗。

另外,白居易任杭州刺史时,与灵隐山的高僧韬光禅师过往甚密,有些像苏东坡与佛印之间的关系,引出了许多有意思的禅事。一次,白居易备好一顿斋饭,想请韬光禅师来官衙品茶就餐。白居易以一首《请韬光斋诗》盛情邀请:

⊙ 白居易石经幢

白屋炊香饭,荤膻不入家。
滤泉澄葛粉,洗手摘藤花。
青芥除黄叶,红姜带紫芽。
命师相伴食,斋罢一瓯茶。

谁知韬光禅师不买账,回了一首诗婉言谢绝:

> 山僧野性好林泉，每向岩阿依石眠。
>
> 不解栽松陪玉勒，惟能引水种金莲。
>
> 白云乍可来青嶂，明月难教下碧天。
>
> 城市不堪飞锡来，恐妨莺啭翠楼前。

身在山野，远离市尘，笑说白居易的风尘不解，而成为禅宗佳话。

我喜欢白居易的闲情生活，特别是他晚年在洛阳定居后，笃信佛教，研究茶事，诗也就更有禅茶味了。白居易有一首诗《营闲事》说：

> 自笑营闲事，从朝到日斜。
>
> 浇畦引泉脉，扫径避兰芽。
>
> 暖变墙衣色，晴催木笔花。
>
> 桃根知酒渴，晚送一瓯茶。

书案上，一本线装版的《白居易诗集》。茶台前，一杯陈年普洱茶。在茶杯的热气缭绕中，我对面似乎坐着的是白居易。他刚从午睡中醒来，约我一起品茶，这茶喝出了盛唐的味道。

醒来山月高孤枕群书裏酒渴慢思茶山童呼不起

録唐人皮日休詩一首

丁酉春月董聰橋

皮日休 夜半醒酒思饮茶

> 醒来山月高,孤枕群书里。
> 酒渴慢思茶,山童呼不起。
> ——唐·皮日休《闲夜酒醒》

皮日休　夜半醒酒思饮茶

读唐诗宋词多了,发现一个问题:古时品茶饮酒皆有诗,唐宋时酒诗多、茶诗少。明清时,茶诗渐多,更多的是饮酒之后喝茶解渴。现今多有好事者编辑出版《酒诗某某首》《茶诗某某首》《禅诗某某首》,等等,可见总结一下还是挺有意思的。文前诗说,皮日休晚餐与来客畅饮大醉,半夜因口干渴醒。望窗外,只见山中明月高挂,自己却枕在乱书堆中睡着了。口干舌燥欲要茶水,却怎么也叫不醒小书童。一幅《夜半酒醒图》跃然纸上,生动极了。嗜酒爱茶在当时的文人士大夫中非常普遍,皮日休也不例外。

◎ 明·沈贞-竹炉山房(局部)

皮日休,曾字逸少,后为袭美,襄阳(今属湖北)人。隐居鹿门山,喜酒后作诗,号醉吟先生,性格傲诞,又自号鹿门子、间气布衣。唐咸通时期任太常博士。黄巢乱国,皮日休为避战乱,归隐吴中。后乱军占领江浙,黄巢久闻皮日休诗名,便虏皮日休随军至京师,并委任其为翰林学士。一日,黄巢在宫殿上命皮日休作诗以赞。皮日休起身离座,面对黄巢侃侃而诵:"欲识圣人姓,田八二十一。欲知圣人名,果头三屈律。"皮日休非常巧妙地把黄巢的姓名嵌了进去。没想到黄巢听后却大怒。因黄巢的头非常丑陋,而且鬓发不分,如乱草一般,便觉得皮日休在讥讽自己,皮日休也因此而染祸。

皮日休爱诗如命,勤于作诗,《全唐诗》收录其四百零五首。由于对酒、茶的偏爱,其诗中也多有酒茶诗佳作。皮日休崇拜李白,他觉得李白的傲骨性格与自己相似。他尤其爱李白酒诗,有诗曰:"吾爱李太白,身是酒星魄。口吐天上文,迹作人间客。""召见承明庐,天子亲赐食。醉曾吐御床,傲几触天泽。"皮日休对茶更是情有独钟,曾经写了《茶中杂咏十首》,分别为《茶坞》《茶人》《茶笋》《茶籝》《茶舍》《茶灶》《茶焙》《茶鼎》《茶瓯》《煮茶》。这十首诗从茶树的生长环境到种植采摘的茶农,从好茶的选择到采茶工具,从加工制作品鉴茶汤的场所到烹茶的器具,从制茶工具到饮茶之碗,再到煮茶之水、火候以及沸水过程，讲得明明白白。有人认为此十首诗是对陆羽《茶经》的诠释。茶诗中也不乏佳句，如"石洼泉似掬，岩罅云如缕""语气为茶荈，衣香是烟雾""歇把傍云泉，归将挂树烟。满此是生涯，黄金何足数""乃翁研茗后，中妇拍茶歇。相向掩柴扉，清香满山月""南山茶事动，灶起岩根旁。水煮石发气，薪燃杉脂香"等。难怪其诗友陆龟蒙对其心悦诚服，亦唱和《奉和袭美茶具十首》。

宋唐庚撰《斗茶记》中说道："唐李卫公，好饮惠山泉，置驿传送，不远数千里……"李卫公，即唐代宰相李德裕，他饮茶时对煮茶的水要求非常苛刻，非惠山泉不

⊙明·沈贞－竹炉山房

饮。皮日休曾在诗中对此有所抨击。《题惠山泉二首》(其一)曰:"丞相长思煮茗时,群侯催发只忧迟。吴关去国三千里,莫笑杨妃爱荔枝。"说到这里,我又想起皮日休的讽喻诗。他用龟诗一首嘲讽归仁绍:"硬骨残形知几秋,尸骸终是不风流。顽皮死后钻须遍,都为平生不出头。"归氏也不让步,以球诗嘲讽皮日休:"八片尖斜砌作球,火中熏了水中揉。一包闲气如常在,惹踢招拳卒未休。"可见文人士大夫之间除了品茶饮酒之外,以诗会友、念友、答友、讽友、骂友也是一种快乐。不过皮日休不记教训,嘴上笔下不留情,最后还是倒霉在诗上。原因不在作诗水平上,而是其性格所致。

食罷茶甌未要深清
風一榻抵千金腹搖
鼻息庭花落還盡平
生未足心

蘇軾之佛日山榮長老方丈
詩丁酉春董聰橋

> 蘇軾
> 午覺醒來
> 兩甌茶
>
> 食罢茶瓯未要深，清风一榻抵千金。
> 腹摇鼻息庭花落，还尽平生未足心。
> ——宋·苏轼《佛日山荣长老方丈五绝》

苏轼　午觉醒来两瓯茶

苏轼一生写了不少茶诗，这首诗是他就任杭州通判之后于熙宁六年（1073）所作。在杭州待了三年，按照规定苏轼应该换地儿了，但他不舍得离开这里。对于他这种天才人物，公务那点事处理起来，轻车熟路，手到擒来。多数时间，他住在庙里，除了读书、写诗，便是与佛家品茶论道，生出了不少公案故事。

苏轼，字子瞻，号东坡居士，眉州眉山（今属四川）人。他虽经历多舛，却保持了乐观的人生态度。一个"和"字概括了其完整的哲学思想。这与他将儒道释三者文化合一有着密切的关系：视天下为己任，治国平天下，推崇中庸思想，是为儒家的"中和"；注重道常无为，践行老庄哲学，修身养性，是为道家的"天和"；常与佛门往来，互为交流，以禅修身，从中汲取佛门思想，是为佛家的"平和"。

我常常以草隶体写"龢"字送给朋友。"龢"，屋顶下，三口人，门前栅栏，旁边禾苗，字如画意，看上去就和谐。好些朋友将其挂在茶室，对着这个字，饮茶都觉得平和、包容。一般品茶都有个规律，凡是自备茶的人都会说自己的茶最好，天下无敌，都有来历，也有出处，视其他人的茶如树叶。但没有包容的心态哪能算是茶人。苏东坡走过四川、京师、浙江、湖北、广东和海南，可以说是个品茶高手，什么茶都能接受。

宋代喝茶不像今天用沸水冲泡，而是研磨煎煮，然后点拂打茶形成泡沫，再倒入建溪窑烧的茶杯。黑盏兔毫，即能显示白沫以示茶品质的好坏，也可视水痕以争优劣。如果拿今天的龙井，经研磨后放在茶瓯里煮，不知是什么个状况，估计好茶的香味就没了。苏轼所在的那个朝代，灵隐下天竺香林洞的"香林茶"，上天竺白云峰的"白云茶"，以及葛岭宝云山的"宝云茶"都是贡品。这里是辩才法师归隐之地，也是苏轼常来常往的地方。苏轼曾赞美龙井茶："白云峰下两旗新，腻绿长鲜谷雨春。"两句诗引得乾隆皇帝六下江南都要尝尝当年的新茶。后来，乾隆在北海北门改造了一座庭院，取名"静心斋",是其读书所在。在庭院东侧,仿江南茶坊,设一茶屋,也算是了了一番江南春梦吧。茶室里有一副楹联:"岩泉澄碧生秋色,林树萧森带曙霞。"完全是乾隆眼里的江南秋色。

午饭后小睡由来已久。白居易有《食后》诗:

> 食罢一觉睡,起来两瓯茶。
> 举头看日影,已复西南斜。
> 乐人惜日促,忧人厌年赊。
> 无忧无乐者,长短任生涯。

可见对中国人而言午睡的重要。很多养生典籍中都提及午睡的好处。不论午睡多长时间,或竹榻,或绳床,或躺椅都是午睡的好地儿。大觉醒来,或老妻,或茶童,或堂倌端上茶来,一饮而尽,全身透着舒服。

现如今,少了午睡的机会,朝九晚五的生活节奏已使人烦躁、疲惫。只有到了周末才可能有午睡和下午茶。其实,午睡未必要"清风一榻",也不一定"腹摇鼻息",靠着桌椅小寐一下,十分钟、一刻钟也能解乏。关键是小憩之后要一杯茶,无论绿茶、红茶、普洱茶,闻茶香,品滋味,观汤色,这已让人头脑清爽、浑身轻松了。

雪液清甘漲井泉自攜茶竈就烹煎
一毫無復關心事不枉人間住百年
錄陸遊之雪後煎茶詩
丙申初冬董聰橋書於惟軒

> 陆游
> 煎茶消愁
> 睡却无

雪液清甘涨井泉，自携茶灶就亨煎。
一毫无复关心事，不枉人间住百年。

宋·陆游《雪后煎茶》

陆游　煎茶消愁睡却无

陆游是南宋时的主战派，也是一代大诗人，却鲜有人知道他和杜牧一样曾做过茶官。淳熙年间（1174—1189），陆游担任过提举福建路常平茶盐公事和提举江南西路常平茶盐公事。陆游的老家在今浙江，生在茶乡长在茶乡，他对茶的认识一定是"童子功"；后来又多年生活在四川、福建。这三个地方在当时是中国最为知名的三大产茶区，所以他对茶的研究很深，与其生世和经历有关。

陆游，字务观，号放翁，越州山阴（今浙江绍兴）人。出身名门，其祖父陆佃、父亲陆宰的文章均名冠一时。其母是北宋宰相唐介的孙女。陆游以荫补登仕郎，后赐进士出身，供职于范成大帅府任参议官。唐宋时期的诗人、词人里，他的诗词最多，有一万余篇，且诗词卓有成就。我最喜欢他的《临安春雨初霁》，诗曰：

> 世味年来薄似纱，谁令骑马客京华？
> 小楼一夜听春雨，深巷明朝卖杏花。
> 矮纸斜行闲作草，晴窗细乳戏分茶。
> 素衣莫起风尘叹，犹及清明可到家。

其中一句"小楼一夜听春雨，深巷明朝卖杏花"传入宫中受到赞赏，并因此而声名远扬。我十几年前客居北京，读此诗后往往感慨，因此常边吟唱边挥笔书写。五十六个字说出人间冷暖，道尽闲愁交集。

陆游的故事最被人熟知的是《齐东野语》中所记《放翁钟情前室》：陆游最初娶的是表妹唐婉，他妈妈是唐婉的姑姑。两个人感情非常好，但陆游的妈妈不喜欢唐婉，拟将两人分开。小两口只好离家另住。他妈妈知道此事，竟让他们离婚。后唐婉改嫁。一年春日出游，在禹迹寺南的沈园两人相遇，薄酒简肴，畅叙情怀。看着唐婉离去，陆游怅然许久，为赋《钗头凤》一词题于壁上。后陆游住在鉴湖三山，每次进城必登寺眺望。不多久，唐婉去世，陆游悲痛赋《十二月二日夜梦游沈氏园亭》诗曰：

其一

路近城南已怕行，沈家园里更伤情。

香穿客袖梅花在，绿蘸寺桥春水生。

其二

城南小陌又逢春，只见梅花不见人。

玉骨久成泉下土，墨痕犹锁壁间尘。

陆游的诗在南宋时就深得人喜爱。但也有人说他颓废，因其号放翁，殊不知陆游有心抗金，无力北上，直至死也不忘。所以才有放翁临终之时的微弱叹息："王师北定中原日，家祭无忘告乃翁。"陆游的诗虽好，却不被五百多年后的曹雪芹看好。曹氏在《红楼梦》中借林黛玉之口说陆游的诗不能学，如"重帘不卷留香久，古砚微凹聚墨多"太浅近，入格就学不出来。不过我认为诗浅未必不好，能让人读得懂也是作者的一个创作理念。

陆游的茶诗不少，这与他的经历有关系——做过茶官，喜欢喝茶，组织雅集，以诗记之，所以传下来了。文前诗说陆游雪后自携茶灶来到井旁，汲雪化后的雪水煎茶，一样不输山泉水。只是能有闲适的时间和精力煎茶饮茶，不用关心国家大事，这样的生活也不枉在人间过一辈子。

⊙ 宋·刘松年 - 撵茶图（局部）

陆游在范成大幕中任职时，已是五十出头的人了。他的抗金主张不被朝廷重视，非常郁闷。尽管范成大也能理解，却也鉴于朝廷的国策，无力帮他实现抗金愿望。好在范成大并不把他当作下属看待，只是作为志同道合的朋友，每日里品茶吟诗。陆游也只好以貌似闲适实则消极的态度来面对眼前的军旅生活。他有《昼卧闻碾茶》诗曰：

> 小醉初消日未晡，幽窗催破紫云腴。
> 玉川七碗何须尔，铜碾声中睡已无。

每日里借酒浇愁，以茶解酒，昏昏欲睡，日复一日。

南宋朝廷的软弱无力，偏安一隅，苟且偷生，任其主和派周旋割让，也不愿意动一刀一枪。在歌舞升平的西湖边上，茶馆酒肆，人来人往，惠风和畅。品茶人多不想未来，不想北方的故土。陆游虽不在西湖边，但他在故乡的家里，还是会煎一壶好茶，与好友、家人细细品饮，品到兴致之处，一首好诗脱口而出。陆游的茶诗就是在这样矛盾纠结中诞生的。

知君元嗜茗欲傍茗山家入澗
遙嘗水先春試摘芽方屏午夢
轉小閣夜香賒獨啜無人伴寒
梅一樹花
　明人徐渭詩董聊橋書

> 徐渭　微清小雅品春茶
>
> 知君兀嗜茗，欲傍茗山家。
> 入涧遥云水，先春试摘芽。
> 方屏午梦转，小阁夜香赊。
> 独暖无人伴，寒梅一树花。
>
> 明·徐渭
> 《茗山篇·为泰父》

徐渭　微清小雅品春茶

说起徐渭，研究中国美术史的人都知道，这是一座横在明代文学及书画艺术史上的高山。有人把他比作"中国的凡·高"，这是因为他一生的经历以及他对书画艺术的解读和被誉为"表现主义"先驱的凡·高有惊人的相似之处。徐渭自己说他书第一，诗第二，文第三，画第四。其实，古今书画家评价自己的诗书画大多也是这么评价的，尽管以画出名却不以画为自己的第一强项，而把诗文排在前面。这里有一点矫情，也是书画家的自负。真是以诗文出名的画家倒是鲜有，徐渭却是一例。他的文章非常有名。袁宏道在其《徐文长传》中这样说徐渭的文章："先生诗文崛起，一扫近代芜秽之习，百世而下，自有定论。"不仅如此,从他的文集中可以看得出有多少人请他写碑文、贺词、铭文、序言以及跋文等,其中不乏达官贵人。

徐渭,字文清,后改字文长,号天池。我喜欢他晚年的号——青藤道士。徐渭是浙江山阴(今绍兴)人。徐渭的一生命运多舛,二十岁为诸生,后屡应乡试不中,只能给人做幕僚,结果跟着胡宗宪上了奸相严嵩的贼船。其实论关系,徐渭和严嵩八竿子也打不着。胡宗宪狱中自尽,他倒成了严党。不过聪明的徐渭装疯卖傻,躲过了这要命的一关。尽管如此,他还是受了精神刺激,终日惶惶不安,估计是患上了严重的躁郁症。四十五岁便自撰墓志铭,有了轻生念头。他先是用斧头击破自己的头部,"血流被面,头骨皆折";不死,又"走拔壁柱钉可三寸许,贯左耳窍中,颠于地,撞钉没耳窍";未死,再用木槌击打肾部也没死……九次自杀而不死,可见当时的病症很严重。后终因击杀后妇而坐牢。科考的失败,政治上没有了希望,再有了人命案,人生就没有比这个更倒霉的了。在朋友的帮助下,他才捡回了一条性命。五十三岁出狱,开始寄情山水之间,创作了大量的书画作品。究其一生,是他的书画成就了他。

徐渭的字,先学黄庭坚,后学米芾,字如其人,肆意洒脱,满纸烟云。喜作大草,用笔自然从容,无拘无束,这一点不输"明四家"(又称"吴门四家",即沈周、文徵明、唐寅、仇英)。他的画很少设色,全是水墨大写意。无论是石涛、朱耷,还是郑板桥、吴昌硕,甚至齐白石都受其影响。徐渭的画很少有人临摹,那是因为他的画完全是画由心生的作品,实难描摹;就算学其风格也是意临而已,满幅的淋漓水墨不知他从哪下的笔。

徐渭的茶诗并不多。他曾在衙门里干过,估计喝茶是比较讲究的,加上浙江人对天竺、罗芥茶的偏爱,一定是位品茶高手,不然不会去写《煎茶七类》。他说过去人们编的茶书太啰唆,便精炼修改,写了七段。曰:"一人品;二品泉;三烹点;四尝茶;五茶宜;六茶侣;七茶勋"。如《一人品》中说:"煎茶虽微清小雅,然要须其人与茶品相得,故其法每传于高流大隐、云霞泉石之辈、鱼虾麋鹿之俦。"《五茶宜》中说:"凉台静室,明窗曲几,僧寮道院,松风竹月,晏坐行吟,清谈把卷。"《七茶勋》中说:"除烦雪滞,涤醒破睡,谭渴书倦,此际策勋,不减凌烟。"晚年的徐渭非常凄苦,在寒冷、贫困和疾病中度过,七十多岁孤零零死在稻草堆上。他还是没熬过这个坎!

开篇这首茶诗,是徐渭为其茶友泰父所作。泰父酷爱饮茶,想在茶山旁安家,春茶未到采摘期就急急忙忙上山摘茶,还不辞辛苦去找泡茶的好水。泰父的小屋里茶烟缭绕,茶炉上香气扑鼻。虽然是一个人独饮,泰父也想念好友,恨不得将他邀请过来一起品品这新制的春茶。古时诗人大多是茶痴,都有一个或几个朋友,或僧或道,或茶农或茶商。每逢春茶采摘时,总是先品为快;一边品饮,一边也忘不了作诗。要不然,徐渭怎么能写出"独啜无人伴,寒梅一树花"的佳句呢?

梅魂竹夢已三更錦罽鸘衾睡
未成松影一庭唯見鶴梨花滿
地不聞鶯女兒翠袖詩懷冷公
子金貂酒力輕却喜侍兒知試
茗掃將新雪及時烹

右錄曹雪芹詩一首

丙申暑日南山老樵書於半閒堂

> 曹雪芹
> 掃雪烹茶
> 夜無眠
>
> 梅魂竹梦已三更,锦罽鹚衾睡未成。
> 松影一庭唯见鹤,梨花满地不闻莺。
> 女儿翠袖诗怀冷,公子金貂酒力轻。
> 却喜侍儿知试茗,扫将新雪及时烹。
>
> 清·曹雪芹《冬夜即事》

曹雪芹　扫雪烹茶夜无眠

如果幼年不算,五十年来,我前后读《红楼梦》不下五次,平均每十年读一次。正如蒋勋先生所讲,不同年龄段读《红楼梦》,就有不同的体会和感悟。

曾记得,我躲在学校图书馆的书库里,在散乱堆放地上的书中找到残缺的《红楼梦》。那时,喜欢读的是《红楼梦》里的宝黛的爱情,宝玉的性初醒,大观园少女的结局,等等,我常常看得脸红心跳;青年时,喜欢读《红楼梦》里的诗,还跟着黛玉学作诗,像学生一样坐在"海棠诗社"的一角听

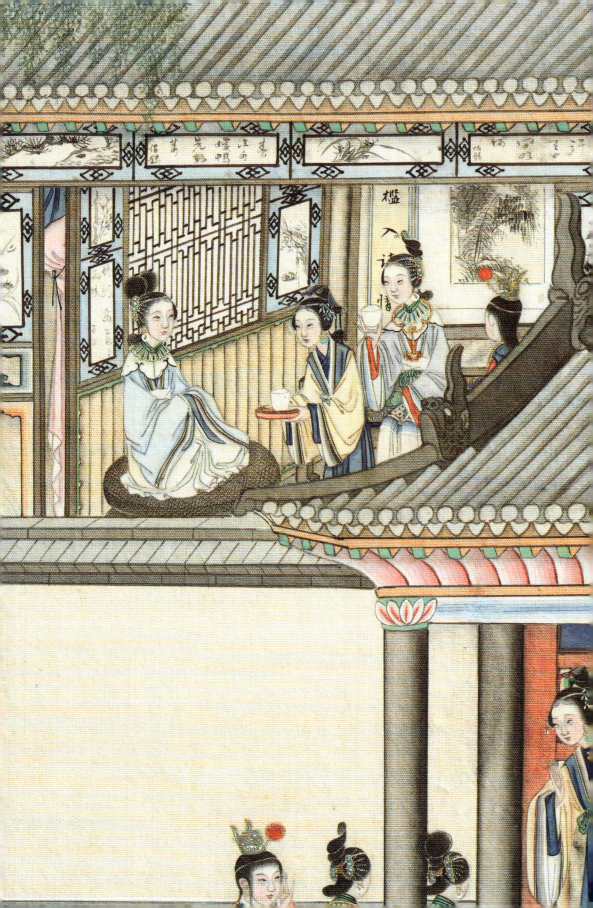

诗；年过花甲时，读《红楼梦》感悟到人生最终是一个"空"字。《红楼梦》里的隐射、暗喻、替身、预言，那是红学家们的事。如今我更感兴趣的是《红楼梦》中的生活细节，诸如园林、建筑、服装、饮食、家具、摆设、车马、酒宴、茶事等。比如说茶事，整部书里喝茶的情节描写散落在各个章回之中，如果有人要写出来，定是一本好玩的《红楼茶事》。

本文只说第四十一回里提到的栊翠庵里的茶具。书中说到午餐过后贾母与众人携刘姥姥散步，来到栊翠庵妙玉处喝茶。宝玉知道妙玉善茶事，就留神看妙玉怎么行事。只见妙玉亲自捧了一个海棠花式雕漆填金云龙献寿的小茶盘，里面放一个成窑五彩小盖钟，捧于贾母。小盖钟就是带盖的茶盅。众人使的都是一色官窑脱胎填白盖碗。只是这茶盘、茶盅和茶碗，就让人看着眼晕。趁着贾母和刘姥姥聊天，妙玉将宝玉、宝钗、黛玉拉到另一处，亲自向风炉上扇滚了水，另泡一茶。妙玉又拿出两只杯子，一个旁边有一耳，杯上镌刻"瓟斝"三个隶字，后有一行小真字是"晋王恺珍玩"，又有"宋元丰五年四月眉山苏轼见于秘府"一行小字。这一个斝，妙玉给了宝钗。斝是用来饮酒的，妙玉用来喝茶。另一只形似钵而小，也有三个垂珠篆字，镌着"杏犀䔲"。妙玉斟了一䔲与黛玉。仍将前番自己常日吃茶的那只绿玉斗来斟与宝玉。妙玉将自己日常喝茶的杯子给宝玉用，而且不避外人，可见两个人的关系。很多人研究，妙玉爱的是宝玉，所以与宝玉亲昵一些，黛玉并未因此而吃醋。宝玉笑道："常言'世法平等'，他两个就用那样古玩奇珍，我就是个俗器了。"妙玉讥笑宝玉不懂，说："这是俗器？不是我说狂话，只怕你家里未必找的出这么一件俗器来呢。"宝玉笑道："俗话说'随乡入乡'，到了你这里，自然把那金玉珠宝一概贬为俗器了。"妙玉听如此说，十分欢喜，遂又取出一只九曲十环一百二十节蟠虬整雕竹根的一个大盒出来，取笑宝玉："就剩了这一个，你可吃的了这一海？"宝玉说："吃的了。"以下引出了著名的妙玉饮茶"三杯论"。即："一杯为品，二杯为解渴的蠢物，三杯便是饮牛饮驴了。"宝玉知道妙玉的话刻薄，也不计较。因为刘姥姥用过了那款成化五彩的茶钟，妙玉便弃之不用。没有很高的洁癖和丰富的收藏是干不出这种事来的。一个出家的小姑娘居然有如此贵重的茶器藏品，不知由何而来。四十一回的前半阕写了这一段，足以让人大开眼界。曹雪芹的茶事功力，由此可窥见一斑。

夜已深，曹雪芹又喝夜茶了。他在《秋夜即事》中有"静夜不眠因酒渴，沉烟重拨索烹茶"。文前诗是《冬夜即事》，也有"梅魂竹梦已三更，锦罽鹴衾睡未成"，好像一年四时都是夜间喝茶。曹雪芹还在埋头写着《红楼梦》，渴望着一杯香茶提神，却四壁空空，毕竟喝茶也是奢侈的，只能在书中与大观园的妹妹们一起想着茶的味道。曹雪芹捻亮了灯芯，蘸着已经快冻上的墨汁，舔了舔笔继续写着。屋外风雪依旧。

問泉

问泉 第四

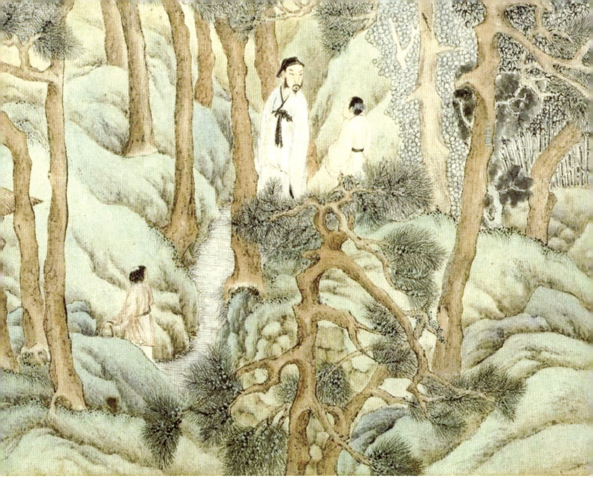

明·文徵明－惠山茶会图

谷中春日暖漸憶掇茶英
欲及清明火能銷醉客醒
松花飄鼎泛蘭氣入甌輕
飲罷閒無事捫蘿溪上行

錄唐李德裕詩憶茗茶
丁酉春月董聰橋

李德裕 饮茶有品行无道

谷中春日暖,渐忆掇茶英。
欲及清明火,能销醉客醒。
松花飘鼎泛,兰气入瓯轻。
饮罢闲无事,扪萝溪上行。

唐·李德裕《忆平泉杂咏·忆茗茶》

李德裕　饮茶有品行无道

李德裕到底是个什么样的官,历来说法不一。但李德裕对茶有研究那是不争的事实。明人屠隆在其《考槃余事》中说,唐武帝时,李德裕任中书,平生酷爱饮茶,尤其对烹茶用水的讲究达到极致——烹茶不用京城水,一定要用惠山泉。惠山泉是江苏无锡惠山东麓的水源,水质极好,为天下名泉。因此,李德裕竟命人通过驿站将泉水运至京城。从无锡到长安,千里迢迢为的只是一瓯泉水,甚有民怨。茶再香,水再好,茶德何在?难怪屠隆说李德裕"情致可嘉,有损盛德"。李德裕对茶的研究使人敬佩不已,对饮茶情致的追求更是让人羡慕不已。但我对其为了一瓯惠山泉，不惜物流成本，劳民伤财的印象不好。

李德裕，字文饶，赵郡（治今河北赵县）人。李德裕的父亲李吉甫曾当过宰相。历任浙江西观察使、西川节度使等。武宗时，李德裕力主削藩。官拜太尉，封卫国公。为牛李党中的首领，后遭牛党打击。宣宗时被罢相，一路贬到潮州，再贬崖州（治今海南琼山东南），最后在崖州去世。李德裕是个文武全才，诗写得好。古书中记载："德裕少力学，善为文，虽在大位，手不去书。"留有《次柳氏旧闻》《会昌一品集》等。《全唐诗》选了他的一百四十一首。

李德裕喜欢茶到了痴迷的地步。他任宰相期间，有个下属被派到安徽任舒州牧。李德裕得知后对这位外派官员说："天柱峰茶可惠三角。"那位官员自认为心领神会。到任后，立刻给李德裕送来几十斤天柱峰茶，李德裕不要，退了回去。第二年，那位仁兄"用意精求，获数角"，再次送来。李德裕看后收下，并说："此茶可以消酒食毒。"立刻命人烹一瓯茶，放一块肉泡在里面，用银盒密封放置。第二天早上，打开银盒，里面的肉已经化为水。

文前诗是李德裕回忆早春时节，品尝天柱峰茶的情景。安徽的潜山县，古时属舒州，天柱山又称潜山。天柱峰茶又叫天柱剑毫，因茶形如剑而得名,早在唐代就名扬天下。说到送礼受贿,李德裕还算是个清官。他在主政地方时,曾不断有远方的官员将奇珍异宝奉上。他题诗说:"陇右诸侯供语鸟,日南太守送名花。"他懂得这里面的道理,不喜欢这种事情,所以在诗中写道:"肉视具寮忘匕箸,气吞同列削寒温。当时谁是承恩者,肯有余波达鬼村。""画阁不开梁燕去,朱门罢归乳乌归。千岩万壑应惆怅,流水斜倾出武闱。"对送礼者恨之。遇到这种事,他不但退回东西还要大加谴责。唐时国强民富。从京城到地方,日日欢歌,夜夜宴请。李德裕到地方当官,决意不参加宴会,并规定了当地官员也不许参加夜宴。属下们看李德裕自己从不举办宴会,也不参加宴会,从此也不敢组织夜宴。李德裕有诗曰:

> 兰野凝青管,梅州动翠篙。
>
> 泉鱼惊彩妓,溪鸟避千旄。
>
> 感旧心尤绝,思归首更搔。
>
> 无聊燃蜜炬,谁复劝金舠。

"舠"是酒器,个头较大,是用来劝酒的酒杯。

李德裕常常梦中作诗,得佳句即写入诗中,如:"花迷瓜步暗,石固蒜山牢。""水国逾千里,风帆过万艘。"李德裕从穆宗、文宗、武宗以来,一路官运亨通,官越做越大,后封卫国公。但从宣宗起,即罢相贬官,一路向南,

宋·刘松年-斗茶图

走到天涯海角。官场的起起落落使他看清了官场险恶和朝廷风雨莫测。所以,他才在《离平泉马上作》诗中说:

> 十年紫殿掌洪钧,出入三朝一品身。
> 文帝宠深陪雉尾,武皇恩重燕龙津。
> 黑山永破和亲虏,乌岭全坑跋扈臣。
> 自是功高临尽处,祸来名灭不由人。

江湖便是老生涯佳
處何妨且泊家自汲
松江橋下水垂虹亭
上試新茶

錄宋楊萬里詩一首
丁酉春董聰橋

> 楊萬里
> 品茶還須
> 江中水

江湖便是老生涯,佳处何妨且泊家。
自汲松江桥下水,垂虹亭上试新茶。

宋·杨万里《舟泊吴江》

杨万里　品茶还须江中水

杨万里在南宋可以说是诗名甚高,被列为"中兴四大诗人"之一。其他三人分别是尤袤、范成大和陆游。钱锺书对其评价很高,说杨和陆的名声尤其大,俨然等于唐诗的李白杜甫。从诗来看,杨万里虽然名声、存世数量上不及陆游,但是能独创"新鲜泼辣"写法,被严羽称之为"杨诚斋体"(《沧浪诗话》)即是证明。

杨万里,字廷秀,别号诚斋,吉水(今属江西)人。绍兴二十四年(1154)进士,曾任太常博士、广东提点刑狱、秘书监和江东转运副使等职,后拒绝朝廷再任。杨万里写诗以快著称，曾经写大篇短章，七步而成，一字不改。南宋名臣周必大评价杨诗说："皆扫千军，倒三峡，穿天心，透月胁之语。"可见杨万里的诗文厉害。杨万里对苏东坡充满敬重，有《游丰湖》诗曰：

> 三处西湖一色秋，钱塘颍水更罗浮。
> 东坡元是西湖长，不到罗浮便得休。

《梁溪漫志》记载，杭、颍皆有西湖，东坡连镇二州，故表谢云："入参两禁，每玷北扉之荣；出典二邦，辄为西湖之长。"后来，杨万里被贬惠州，惠州有丰湖，也叫西湖。因此，杨诗中有"三处西湖一色秋"。一年，我去雷州，亦有一处西湖，在"十贤祠"和东坡祠旁，有郭沫若写的诗，意为雷州西湖堪比杭州西湖。

杨万里与陆游是好朋友，陆游大杨万里两岁，但是陆游比杨万里多活了四年。陆游的诗词大多是国家大事、请战北征。临死绝笔还不忘"王师北定中原日，家祭无忘告乃翁"，还有"夜阑卧听风吹雨，铁马冰河入梦来"。虽然也有一些闲适诗句，如"卧读陶诗未终卷，又乘微雨去锄瓜""小楼一夜听春雨，深巷明朝卖杏花"等，但带给人们更多的是激情悲壮，这与杨万里的诗有较大区别。诗人相交，寄诗以表达朋友情意是最好的方式。杨万里寄给陆游一首《寄陆务观》诗即可看出两人的交情：

> 君居东浙我江西，镜里新添几缕丝。
>
> 花落六回疏信息，月明千里两相思。
>
> 不应李杜翻鲸海，更羡夔龙集凤池。
>
> 道是樊川轻薄杀，尤将万户比千诗。

也许是与我的生活情趣有共鸣，我反倒更喜欢杨万里的一首《闲居初夏午睡起》(其一)：

> 梅子留酸软齿牙，芭蕉分绿与窗纱。
>
> 日长睡起无情思，闲看儿童捉柳花。

一幅初夏午间的童趣画。钱锺书说此诗中"留"与"分"用得最好。

杨万里到晚年，不再听朝廷召唤，自己过起了闲适的养老生活，活了近八十岁。从杨万里的茶诗可以看出他对茶的喜爱和研究。文前诗是一幅极动人的煮茶图。茶圣陆羽对煮茶水的论说有："其水，山水上，江水中，井水下。"但是当年白居易有"琴里知闻唯渌水，茶中故旧是蒙山"之句，以致后人引出"扬子江中水，蒙顶山上茶"之说。此水仍为山水，只是在江中罢了。杨万里自汲吴江水煮新茶送友，也是一桩雅事。有一年春天，杨万里代

明·陈洪绶－品茶图

表朝廷去淮河迎接金人特使，途经镇江过长江，写有诗《过扬子江》，诗中有"携瓶自汲江心水，要试煎茶第一功"。可见杨万里饮茶之讲究，也是听了扬子江中水之说。品茶到了南宋，由煎茶开始出现了分茶，也就是今天的泡茶。泡茶是一种手艺，有很多奇怪的现象，就像今天的行为艺术。杨万里在寺里观显上人分茶，说："分茶何似煎茶好，煎茶不似分茶巧。蒸水老禅弄泉手，隆兴元春新玉爪。"安徽滁州有欧阳太守建的醉翁亭，亭旁有石泓，泉水清澈如玻璃，名"玻璃泉"。欧阳修曾经用此泉煮茶，他晚年称"六一居士"，所以此泉又称"六一泉"。杨万里专程到滁州汲六一泉煮茶，找寻当年欧阳太守的感觉，所以作《以六一泉煮双井茶》诗云：

> 鹰爪新茶蟹眼汤，松风鸣雪兔毫霜。
>
> 细参六一泉中味，故有涪翁句子香。
>
> 日铸建溪当退舍，落霞秋水梦还乡。
>
> 何时归上滕王阁，自看风炉自煮尝。

用陆羽设计的煮茶风炉，拿几盏建窑兔毫，汲一壶六一泉水，泡一壶新茶——杨万里品茶已到极致。他在茶烟袅袅中，仿佛看到自己回到了江西老家，造一草庐退舍，煮茶作诗，做自己的山野梦。

樣標龍鳳號題新賜得還日作近臣
烹處登期商水嶺碾時空想建溪春
香於九畹芳蘭氣圓似三秋皓月輪
愛惜不嘗惟恐盡除將供養白頭新

錄王禹偁詩龍鳳茶

丁酉春日董聯橋書

王禹偁 留得新茶敬雙親

> 样标龙凤号题新，赐得还因作近臣。
> 烹处岂期商水岭，碾时空想建溪春。
> 香于九畹芳兰气，圆似三秋皓月轮。
> 爱惜不尝惟恐尽，除将供养白头亲。
>
> ——宋·王禹偁《龙凤茶》

王禹偁　留得新茶敬双亲

王禹偁在北宋时期也算是一代龙门。王之后才有晏殊，晏之后才有欧阳修，欧阳之后才有苏东坡。王可谓资深文学大家。即使是其门下资质平平的学生，后来成为公卿将相者不计其数。

王禹偁，字元之，济州钜野（今山东巨野）人。九岁能作诗文，真可谓"神童"。太平兴国八年（983）登进士。曾任右拾遗，官拜左司谏、知制诰。因有妖人诬陷好友徐铉，王禹偁为其辩护被贬职至商州团练副使。《西清诗话》说：王禹偁的父亲开着一家磨面商铺。一天，父亲安排王禹偁去给当时的州官毕文简家送面粉，恰好毕文简正在给几个儿子出题作对，王禹偁只好先站在庭院等候。毕文简命诸子对句云"鹦鹉能言争比凤"，几个儿子还没有反应，王禹偁高声对答"蜘蛛虽巧不如蚕"。毕文简一听，感慨地说："子精神满腹，将且名世。"后其果然与毕文简同掌朝廷。王禹偁善作诗，诗学白乐天，对自己的诗非常自信。在商州任上，王禹偁有诗《春日杂兴》曰：

两株桃杏映篱斜，装点商州副使家。
何事春风容不得，和莺吹折数枝花。

其子嘉祐说："杜甫曾经有诗句'恰似春风相欺得，夜来吹折数枝花'。老爹的诗句和老杜太相似了，还是改改的好。"王禹偁欣然说道："吾诗精诣，遂能暗合子美耶？"即题诗曰："本拟乐天为后进，敢期杜甫是前身。"可见其诗堪比唐人。

王禹偁家几代务农，出身贫寒。二十九岁中进士，成了朝廷命官。在朝为官有一好处，就是喝茶不愁。虽说"近水楼台先得月"，茶是有了但未必都是好茶。只有等皇上有了好贡茶也不忘与近臣分享的时候，他才能一品"芳兰气"。至于其他官员的"赠礼"则想都不要想，像他这种官，少有地方官溜须拍马送到府上。当然也有诗文好友，聚会雅集，有好茶大家共享。王禹偁曾专门前去拜访陆羽故地。陆羽的故乡是竟陵，也就是今天的湖北天门市。传说的陆羽茶泉就在西塔寺，而西塔寺正在竟陵。诗人坐在陆羽茶泉前，追忆古人，不禁感慨万分，即题《陆羽泉茶》诗曰：

甃石封台百尺深，试茶尝味少知音。

惟余半夜泉中月，留得先生一片心。

文前诗中的建溪春是指建溪沿岸所产的上好茶。宋时，建溪属建安县，就是今天的福建省建瓯市。建溪两岸茶焙有一千三百余处，仅官焙就有三十多处，其余大多是正焙。建溪在唐宋时就是贡茶产区，到了宋太宗太平兴国初年开始制龙凤茶。宋人熊蕃《宣和北苑贡茶录》中说："太平兴国初，特置龙凤模，遣使即北苑造团茶，以别庶饮。龙凤茶盖始于此。"茶饼外包装印有龙凤花纹，称"龙凤团"，年贡茶四万七千多斤。王禹偁虽是朝廷近臣，但官位并不高，能够得到一些龙凤团茶实属不易，所以特别珍惜。他得到好茶不敢粗饮豪品，而是慢慢享受，细细观察，恨不得立刻开饼品饮。至此，爱惜之情难于言表，可是想到自己年迈的父母，一辈子辛苦养育自己，没有享过多少福，自己怎么能独饮这么好的贡茶呢？还是留给双亲品饮吧。

王禹偁曾到过惠山第一峰白石坞，此处有南朝梁大同年间（535—545）改建的法云禅寺（即现在的惠山寺），体验惠山泉煮茶，并作七言律诗《惠山寺留题》。诗中有佳联说:"好抛此日陶潜米,学煮当年陆羽茶。"此时的王禹偁在寺中一边品茶,一边吟诗。他来寺里品茶也就是"暂开尘眼识烟霞",只是无法学陶渊明不为五斗米折腰,因为还要养家糊口。但可以学陆羽煮茶,这倒是一件暂时逃离红尘的快事了。

◎ 近现代·齐白石·石门二十四景图·疏篱对菊图

石罐煮泉冰齒牙一杯
龍焙雪生花車塵馬
足長橋水汲得中泠末
要誇

錄元好問茶詩一首
丁酉春日聰橋書

> 石罅飞泉冰齿牙，一杯龙焙雪生花。
> 车尘马足长桥水，汲得中泠未要夸。
>
> ——金末元初·元好问《台山杂吟》

元好问　清凉山上冰泉茶

元好问是山西忻州人，又是我的一位同乡。此地古时称作秀容。著名的佛教圣地五台山就在忻州境内。五台山因其有"千年冰，万年雪"之说，又被称之为"清凉山"，亦是文殊菩萨道场。五台山分东南西北中五峰，其峰顶阔如平台，故称之为五台山。我曾经先后登上五个台顶，最高为北台，海拔有3061.1米，也是华北屋脊。元好问的老家忻州离五台山不远，也就是二百里地，在当时也不算近。元好问多次上五台山，并写下了《台山杂吟》十六首，文前诗是其一。

元好问，字裕之，号遗山。元德明子。他也算是官家后代，其祖先据说是北魏太武帝的儿子，后跟随魏孝文帝南迁洛阳，按照孝文帝汉化改革，改姓元。元好问从小就显露文采，被称之为"神童"。七岁作诗，十一岁得到翰林侍读学士路择的赏识——"爱其俊爽，教之为文"。元好问十六岁开始参加科考，还是"识免乡试"破格参加府试，但是屡战屡败，屡败屡战，直到元宣宗兴定五年（1221）才科考及第。命运总是和人开着玩笑。做了金朝官的元好问还没有一展抱负，金朝就灭亡了。他与不少的金朝官员被俘后押往山东聊城。毕竟名气大，元好问被元世祖接纳到朝中做官。但此时的元好问已是心灰意冷，拒绝再任新朝，五十多岁辞官回到忻州老家隐居了。元宪宗七年（1257），元好问在获鹿寓所去世。

元好问在金末元初算是一代宗师，诗词歌赋、历史文学，无一不精。元好问喜欢喝茶，也写了不少茶诗词。他写得《茗饮》更是把酒后喝茶的感觉描写得淋漓尽致。诗云：

> 宿醒未破厌觥船，紫笋分封入晓煎。
>
> 槐火石泉寒食后，鬓丝禅榻落花前。
>
> 一瓯春露香能永，万里清风意已便。
>
> 邂逅华胥犹可到，蓬莱未拟问群仙。

前晚喝的酒仍未醒，想起当时只顾拿着超大的酒杯狂饮，以至于一夜昏睡。早上起来特别口干舌燥，恍惚如病，闻酒厌倦，急急忙忙想喝茶。顾渚紫笋是唐时陆羽极为推崇的好茶，《茶经》中有"紫者上，绿者次。笋者上，牙者次"之说。所以，顾渚紫笋是上等的好茶，从唐时就成为贡茶。元好问能喝到上好的顾渚紫笋，说明他有好茶的供应来源。名气大自然有许多朝中好友、文坛师生相赠，能喝到顾渚紫笋也不是难事。一杯香茶饮下，已觉得神清气爽，飘飘欲仙了。

《台山杂吟》从五台山的一钵泉说起，虽然此泉不像扬子江中水那么有名，但也是极为罕见，泉水长流不息，但始终只有一钵。在冬天冰冷的山凹石缝中汲到的山泉一定是甘冽冰齿，绝不差于唐时扬子江中的中泠泉（也叫中濡泉、南泠泉，现位于江苏镇江寺金山寺外）。所以，元好问说"汲得中泠未要夸"。宋时，蔡襄等人研究团茶，设小龙团，以高温烘焙，制出上好的龙焙茶。元好问携茶上山，与寺中长老共享好茶，谈佛道，吟诗唱曲。寺外大雪纷纷，佛舍温暖如春，炉子上一壶热气腾腾的山泉水，杯子里洋溢着茶的香气，远处传来午课的钟声，舒缓的佛乐在耳边响起，悠扬得很。

我曾多次去五台山南山寺，与汇光师傅品茶论道就是如此境界。南山寺的住持房间是窑洞式的，门的对面设一个禅榻，上面有茶台及一应茶具。汇光师傅喝的是铁观音，旁边有矿泉水桶。我将写好的一卷大悲咒经文送给师傅，回身坐在禅榻上相对品茶。当年元好问也许也是这样，只不过茶是自己带来的上好贡茶。元好问骨子里是北方民族的后裔，先祖从平城一路南下，直到洛水边。没有北魏孝文帝的汉化改革，大概也就没有了金末元初的文学大家元好问了。

◎ 宋·赵佶 - 文会图

流鶯舌倦語初歇畫鼓微點
梨花雪茶葉白抽四五旗竹孫
斑裏兩三節芳草如綿䭾歸
轍花氣熏人醒不得落紅雨過
更愁人六橋十里猩猩血
　明人袁宏道詩一首
丁酉春董聰橋書

> 袁宏道 龍井汲泉試新茶
>
> 流莺千啭语初歇,画鹢微点梨花雪。
> 茶叶自抽四五旗,竹孙斑褰两三节。
> 芳草如绵阶归辙,花气熏人醉不得。
> 落红雨过更愁人,六桥十里猩猩血。
>
> 明·袁宏道《湖上》

袁宏道　龙井汲泉试新茶

《明清文人小品选编》是我常摆在案头枕侧的书籍。而其中,张岱、徐渭以及袁宏道的小品文,我读得最多。在明代文人中,袁宏道与其兄袁宗道和其弟袁中道三人在当时文坛算是顶级组合,文风独树一帜,因其祖籍湖北公安,因此文学史上称之为"公安派"。而在"三袁"中,袁宏道成就最大。

袁宏道,字中郎,号石公,公安(今属湖北)人。万历二十年(1592)进士,官至吏部郎中。在那个年代提出反对"文必秦汉,诗必盛唐"之说也是要点胆量的。"公安派"主张"独抒性灵,不拘格套",使当时文坛眼前一亮，生意盎然。按现在的说法，袁宏道是个典型的"驴友"，他的小品文中游记占了一大部分，至今读起来仍有卧游山水之感。明人小品文，张岱是大家。他说："古人记山水手，太上郦道元，其次柳宗元，近时者袁中郎。"这个评价很高。

　　袁宏道中举后，暂时没有安排官职，就开始游历山水，走了很多地方。要紧的是他每去一地儿，便悟出许多人生道理。苏东坡是他的偶像。他不认为宋诗不如唐诗，他认为融李白、杜甫之长唯有东坡。袁宏道二十四岁时慕名前往麻城向李贽求学，在李家一住三个月，这次会面影响了袁宏道的一生。二十八岁那年，袁宏道任吴县县令。吴县就是今天的苏州。明代时的苏州，虽然文化厚重，手工业发达，但诗文却受到复古派的影响。袁宏道对此文风深恶痛绝，极尽呵斥。说这些人"剽窃成风，万口一响"，没有了自己的思想、语言，"争为讴吟，递相临摹"。任上时间不长，他就辞去了县令，游西湖上天目，留下了许多精美的小品。两年后，袁宏道又离开江南做了京官。在京两年，他写了不少游记，诸如《满井游记》《游高梁桥记》

明·仇英—人物故事图·浔阳琵琶

《游红螺岘记》等。入京这一时期是他思想、文风的转折期。

其实，袁宏道心里非常纠结，他和舅父龚惟长关系不错，就常常写信给舅父述说当官的痛苦。但是他又想为民解忧，事业有成。他认为，作为七尺男儿，如果到了三十岁，"囊中无余钱，囷无余米。居住无高堂大厦、到口无肥肉大酒也，可羞也"。他最喜欢去杭州，那是苏东坡待过的地方，他喜欢沿着苏东坡走过的山路，去苏东坡住过的庙宇，访高僧，会美人。只想"欲寻闲淡之方丈，远闺阁之佳人，写山水之奇胜，充贫官之囊橐"。他喜欢和朋友相聚——董其昌、汤显祖、屠隆等一帮名人与之相和。他说："天下有大败兴事三，山水朋友不相凑，一败兴也；朋友忙，相聚不及，二败兴也；游非其时，或花落山枯，三败兴也。"

袁宏道说自己虽对茶没有到痴迷的地步，但因不喜饮酒，所以也就爱喝茶了。春茶采摘之时，袁宏道常约石篑、道元、子公等一帮茶友在龙井汲泉烹茶。石篑问袁宏道，龙井茶与天池茶哪个更好？袁宏道说，龙井很好，但如果放茶少则水气不尽，放茶多则涩味尽出，天池就不一样。龙井头茶虽然香，但有草气，天池茶有豆气，虎丘茶有花气，只有罗芥茶非花非木，稍有一点金石气，所以可贵。如果是好罗芥茶，每斤需要一千余钱。他找了好几年才得到几两。有安徽的朋友给他送来松萝茶，袁中郎品尝后觉得比龙井好，但还是不如天池茶。

遗憾的是袁家三兄弟寿命都不长，但给中国文学史留下灿烂的一笔。我有时在想，书画家作品越老越精，文学家文章越老越辣。如果袁家兄弟再多活几十年，那文章又能写得何等好啊？

我常常背诵着袁中郎游记文中的佳句，走在他去过的地方。如今的满井、高粱桥、西直门外已不是袁中郎来过的地方，似乎他的身影在立交桥之间游走，他迷路了。

開門坐高秋陳桐見缺月
閒心憐淨几燈光澹如雪
進青善煮茗聲不到器鉢
茶白如山泉色與甌無別
諸子寂無言味香無可說

明人張岱詩耶橋書

张岱 煮茗识得最佳泉

> 张岱
> 煮茗識得
> 最佳泉
>
> 闭门坐高秋，疏桐见缺月。
> 闲心怜净几，灯光淡如雪。
> 樵青善煮茗，声不到器钵。
> 茶白如山泉，色与瓯无别。
> 诸子寂无言，味香无可说。
>
> 明·张岱《素瓷传静夜》

在阅读了大量古人茶诗后，我发现在各类茶诗集中鲜有这位明末才子的作品。然而，如今真正热爱茶文化的人谁不知道张岱对茶与水的研究到了炉火纯青的地步？近来，我再仔细翻阅《张岱诗文集》，发现了他许多有关茶的诗文，且大多是长诗。

张岱，字宗子，号陶庵，山阴（今浙江绍兴）人。祖籍是四川绵竹。生于万历二十五年（1597），逝世时间说法不一。一种说法享年八十八岁，有米寿之福。张岱是个奇才，文学、音乐、戏曲、园林、书法、收藏等。无所不通，无所不晓。他也是个玩文化玩出道行来的大家，说他是个文化巨匠一点不夸张。我从年轻时就读遍他的文章，所以写短文时不由有了张岱的影子。张岱在其《陶庵梦忆》中有一篇短文《湖心亭看雪》，仅几个量词就让我倾倒："湖上影子，惟长堤一痕，湖心亭一点，与余舟一芥，舟中人两三粒而已。"我记不得将这篇小文用小楷花笺写了多少页送人。

张岱对茶事描写最传神的一篇小品文是《闵老子茶》。他听朋友周墨农说闵汶水是饮茶品水高手，便去桃叶渡拜访。结果，老先生不在，让张岱等了好久才回来。老头儿和他刚说几句话，就说拐杖忘到别的地方便又去取。张岱耐心等着，一直等到他回来。闵汶水一看张岱还在，问道："客尚在耶！客在奚为者？"张岱答曰："慕汶老久，今日不畅饮汶老茶，决不去。"老先生大喜，即烧火煮茶，将张岱引至一室。茶舍内有许多精美的宜兴紫砂和成化窑的茶具，茶与器相配，茶与水相融。一杯在手，张岱问：此茶产于何处？老先生说是阆苑茶。张岱细细再品说：你不要忽悠我，这是阆苑茶的制法，而味却不是。闵汶水暗笑道：那你知道是哪里产的茶？张岱再品后说：好像是罗芥茶。老先生吐着舌头连声说奇。张岱再问：水是那里的水？回答是惠泉。张岱又说：你别忽悠我，惠泉走千里，水劳而圭角不动，为什么？闵汶水说：实不相瞒，取惠泉水必须淘干净井水，待半夜时分新泉水来后即可汲泉。"山石磊磊籍瓮底，舟非风则勿行，故水之生磊。"这样的水，惠泉水都比不上，更何况其他水？张岱又说：茶非常香，味非常厚，这是春茶吧？闵汶水大笑：我今年七十，见过无数精鉴者，能品出我的茶及水者没有人能与君比。至此，二人成了忘年茶友。

真正喝茶的人是要耐得住寂寞。一个人独坐，细细品味每一款茶的不同，每一泡的味道，品到佳处，豁然开朗，恍如开悟。两人"相对寒灯细品茶"，味道能说出个八成；四五个人围坐，众口难调，味道只能是信口开河；七八个人只能是群坐，犹如开会，七嘴八舌，乱成锅粥，再好的茶也是浪费。张岱闲情逸致，以酒为友，以茶为伴。其喝茶讲究境、器、水、茶、友，读其茶诗，如身临其境：能感觉到宁静秋夜，月光如银，梧桐树下，安有净几，设精美茶器，汲甘洌山泉，朋友送来的新茶，一两个极雅的诗文茶友。一边品茗吟诗，仰天赏月，一边体会味道，静听山泉。从研到泡，从煮到煎。每一个品茶环节都不会含糊。有此境，有此器，有此茶，有此水，正应了唐朝诗人李涛的一句诗："水声长在耳，山色不离门。"张岱了活了八十多岁，不知道是否和他喜欢喝茶有关。我只是奇怪，他总是晚上喝茶，难道不影响睡眠吗？

张岱的《陶庵梦忆》《西湖梦寻》，是我床头的"铁枕头"，从未撤换过。我常常琢磨他品茶的细节，只是一款新茶，他为什么会有如此的感觉："取清妃白，倾向素瓷，真如百茎素兰同雪涛并泻也。雪芽得其色矣，未得其气，余戏呼之'兰雪'。"读到这里，书中已是散发出兰雪茶那似花似蜜似果的茶香了。

清友

明·唐寅 事茗图

碧月團墮九天封
題寄與洛中仙石城
試水宜頻啜金谷看
花莫謾煎

右錄王安石茶詩一首
丙申長月耶梧書

> 王安石 好茶遥寄兄弟情
>
> 碧月团团堕九天,封题寄与洛中仙。
> 石城试水宜频啜,金谷看花莫漫煎。
>
> ——宋·王安石《寄茶与平甫》

王安石　好茶遥寄兄弟情

金秋十月,朋友相邀到江西抚州小住。抚州临川,人杰地灵,名人辈出。读唐宋名家诗选、文选,可以在书中找到很多抚州临川人氏,王安石是其中之一。抚州城区还真有一所王安石纪念馆。这是一处园林式建筑,院中有仿宋的亭台楼阁,水榭围廊,门楣有赵朴老的题字"王安石纪念馆"。厅前有王安石塑像,着官服,左手持带,右手下垂,长袖飘飘,器宇轩昂,仰观宇宙。我觉得有些太夸张了,不是我想象中的王安石。室内以连环画形式展示王安石故事。这种纪念馆也就是个牌子,内容并不丰富。

王安石，字介甫，号半山。庆历进士。仁宗嘉祐三年（1058）上万言书，提出革新政治的主张，神宗熙宁三年（1070）拜相，两度辞职，两度复出，最终退隐石头城。王安石是个有争议的政治家，也是一位悲剧式的人物。有皇帝做后盾，他为推新政，排除异己，众叛亲离，不识好人歹人。尽管新政给朝廷带来的好处是明显的，但也动了多数人的"奶酪"，被人骂了一辈子。一个人两袖清风，刚直不阿，百折不挠，不畏后果。一门心事做一件自己认为正确的事，这也是挺难得的。难怪人们称之为"拗相公"。王安石的政治影响力大大掩盖了其文学影响力。读王安石的诗，才能看到王安石的另外一面。知道王安石的都熟悉他脍炙人口的诗词。小时候背的最熟的就是《泊船瓜洲》：

京口瓜洲一水间，钟山只隔数重山。
春风又绿江南岸，明月何时照我还。

一个"又绿"引发了古今多少诗人的感慨。再者，王安石的诗句常常被引来做警句。他非常自信，认为自己的诗句可与杜甫的相媲美。

王安石虽然在政治上执拗，但是在生活中还是很温情的。如每逢皇帝赏赐好茶，王安石必定想起两个弟弟。文前诗是寄给王安国（字平甫）茶时夹带着的一首诗。王安国也是个了不起的人物——进士出身，拜西京国子教

◎ 宋·李唐 - 松湖钓隐图

授，崇文院授书。因与兄政见不一，后除崇文校书，改秘阁校理。王安石罢相后被罢职归田。朝廷想再度起用他时，不幸亡故。皇上赏赐给王安石龙凤团茶时，王安国正在西京做官，所以被称之为"洛中仙"。金谷涧在洛阳，王安石说不能因为看牡丹花而随意煎茶。应了李商隐描述的十六大煞风景之一"对花啜茶"。王安国有名的诗句："春烟寺院敲茶鼓，夕照楼台卓酒旗。"（也有说是林逋之诗句）我常常写给朋友补壁。弟弟王安礼（字和甫）也收到了哥哥寄来的茶，同样附有茶诗一首：

彩绛缝囊海上舟，月团藏润紫烟浮。

集英殿里春风晚，分到并门想麦秋。

这茶喝的也忒有情调了。

王安石的茶诗并不多，估计对于这个工作狂来说喝茶也是一种奢侈。直至罢官退隐南京，有了时间，有了闲心，有了喝茶的场所，可以会友、作诗、写字、喝茶，这才体会了做个普通人的生活。但是你让他多写喝茶的诗大概也不行。性格决定命运，他和苏东坡同在一个庙堂之上，受到的待遇也不同。但从心胸的宽广，对逆境的乐观和对尘世的感悟上来看，苏东坡要强得多；从文学造诣来看，王安石也不差，钱锺书在《宋诗选注》中这样说："痛骂他祸国殃民的人都得承认他'博闻''博览群书'。"尽管作为政敌的苏东坡对王安石推行新政极不"感冒",但是对王安石的才情却非常佩服。二人为敌多年,后王安石被罢官定居南京石头城,苏东坡贬谪路过南京还去看望这位文学挚友。

王安石从临川的大山里走出来,成为一代名相实属不易。我突然想起,临川不仅有名人,也有好茶。有抚州朋友每年给我寄来两盒"资溪白茶",非常好喝。但我不会应了李商隐的大煞风景之事,看花就倾心看花,喝茶就精心喝茶。

◎ 清·任熊－十万图册（局部）

與師同月不同年歸墨歸儒
各自緣想得山中無壽酒但攜
茶到菊花前
錄笑人姜夔詩一首
丁酉春月南山老橋書於京東

> 姜夔　携茶祝壽到花前
>
> 与师同月不同年，归墨归儒各自缘。
> 想得山中无寿酒，但携茶到菊花前。
>
> 宋·姜夔《寿朴翁》

姜夔　携茶祝寿到花前

位于京城琉璃厂的中国书店是我常去的地方，无论买新书淘旧书，总要浏览几个钟点。前几日，见到新出版的历代名家碑帖经典，有姜夔的《跋王献之保母帖》，我请回了半闲堂。帖为小楷。纸本，两千多字。有"二王"笔韵，唐人笔法。楷法严谨，用笔精致，典雅脱俗，秀丽清新。正如古人品论说："姜尧章书法，迥脱脂粉，一洗尘俗，有如山人隐者。"姜尧章的书法著作《续书谱》，看似学孙过庭之《书谱》，但是从书法各体皆有自己的观点，是学习书法不可忽略的书法理论著作。

姜夔，字尧章，饶州鄱阳（今属江西）人。因寓居吴兴苕溪上，与白石洞天为邻，自号白石道人。东晋葛洪著的《神仙传》中有白石生，黄丈人弟子也。岁煮白石为粮，时号白石生。故姜夔以此为号是有出处的。姜夔自幼发奋读书，但却屡试不第，布衣而终。其书法与诗皆负盛名，尤以词写得最好，被人称作"词中老杜"。《鹤林玉露》中记载，姜尧章学诗于萧德藻。萧德藻，字千岩，是南宋四大诗人之一。萧千岩喜欢姜尧章的诗，二人成为忘年交。萧千岩还把兄长的女儿嫁给姜夔，让姜夔做了他的侄女婿。萧千岩将姜尧章介绍给杨万里，杨万里非常喜欢吟诵姜尧章的诗句，对其诗大加称赏。杨万里对自己的儿子、侄儿说："吾与汝勿如姜尧章也。报之以诗云：'尤萧范陆四诗翁，此后谁当第一功。新拜南湖为上将，近差白石做先锋。可怜公等皆痴觉，不见词人到老穷。谢遣管城侬已晚，酒泉端欲乞疏封。'"当时杨万里已经七十几岁，名满天下，对姜夔的诗却如此推崇，可见姜夔的诗的确厉害。姜夔的一首诗《过垂虹》我最为熟悉，诗曰：

自作新词韵最娇，小红低唱我吹箫。
曲终过尽松陵路，回首烟波十四桥。

元陆友《砚北杂志》记载："小红，顺阳公青衣也，有色艺。顺阳公请老，姜尧章旨之。一日，授简徵新声，尧章制《暗香》《疏影》二曲，公使二妓习之，音节清婉。公寻以小红赠之。其夕大雪，过垂虹，赋诗云云。"这里说的顺阳公就是大名鼎鼎的范成大。人皆知咏梅之句首当林和靖的"疏影横斜水清浅,暗香浮动月黄昏。"但咏梅词则是首推姜尧章的《暗香》《疏影》二首词。一句"旧时月色,算几番照我,梅边吹笛?唤起玉人,不管清寒与攀摘"醉倒无数词迷。

姜夔善诗词、音乐、书法、散文,且无不精通。最是当时流行音乐的大家,有众多的"姜丝",非常有人缘。特别是官宦人家的姬妾或临安酒楼的歌妓,竭力追捧,无不传唱其作品,且以能唱姜尧章的新曲为荣。姜尧章老年不再飘零,定居杭州,以鬻字卖词为生,更依靠好友张鉴。姜尧章常常被权势之人邀请,作词作曲。官宦人家待之以贵宾,好吃好喝,也送了不少茶。每逢有好茶,姜尧章一定不会忘了好友,必定会带回家与朋友共享。如遇懂茶者,便一定邀请至寒庐,汲水煮茗。品茶之余,畅谈诗词歌赋,评论青楼歌妓。

文前诗不知是给哪一位老师祝寿,朴翁是谁不得而知。按诗意说,姜尧章与该师虽说不是同年,但是同月出生,也算同一个星座。赶上老师寿诞,唯恐山上没有寿酒,自带新茶作为贺寿之礼上山拜寿。也可能,姜尧章根本没钱买酒,或是酒太沉不好带;或者就是他觉得送茶更有品位,这也应了张耒的"寒夜客来茶当酒"的含义。茶作为贺寿之礼,是很高大上的。姜尧章连带诗送上,这礼也就不薄了。姜尧章晚年穷困潦倒,年老多病,在杭州去

世，无钱埋葬，由好友捐资，才勉强埋葬于杭州钱塘门外他居住了十几年的西马塍。一代诗词大家陨灭，留下了大量的诗词作品和书法作品。他虽然缺少如陆游、辛弃疾那样重整山河、血战沙场的诗句，也鲜有持剑思乡、重回故国的豪情。但他却为中国诗词的宝库增添了绚烂夺目的瑰宝，我们也会"但携茶到菊花前"，祭拜这位伟大的诗人。

⊙ 明·佚名（传戴进）·太平乐事册页

寒夜客來茶當酒
爐湯沸火初紅尋常
一樣窗前月才有梅
花便不同

錄宋人杜耒詩 董聰榕書

杜耒 寒夜客来茶当酒

寒夜客来茶当酒,竹炉汤沸火初红。
寻常一样窗前月,才有梅花便不同。

——宋·杜耒《寒夜》

杜耒　寒夜客来茶当酒

有喜欢茶的朋友来半闲堂做客,希望我能送他一幅字,常常点的就是杜耒的这首诗。此诗因为《千家诗》的选入而闻名于天下。但是大多数人对作者杜耒并不熟悉,这是比较典型的人以诗出名的例子。

杜耒,字子野,号小山,江西南城(今属江西)人。宋人笔记《鹤林玉露》中说,朝廷择将主帅山阳。没有可派之人,用了许国。许国是个武夫,到任后,"偃然自大,受全庭参,全军忿怒,囚而杀之。幕客杜子野,诗人也,亦死焉。"杜耒死于乱军之中,真是一件痛心的事。死于非命的杜耒留下的诗不多。钱锺书的《宋诗选注》就没有选他的诗,《全宋诗》里选了不到二十首,《宋诗纪事》选了四首。

诗人爱写晚上的诗,诸如:"秋香烂熳入屏帷,金粟楼台富贵时。晓起旋收花上露,窗间闲写夜来诗。""日长思睡急,磨老出茶迟。近得边头信,今当六月师。""当时曾爱酒,此夕更登楼。月有十分好,人无一点愁。"看来,杜耒是个喜欢孤独的人。

南宋朝廷以委曲求全为条件,换来了几十年和平稳定的生活。南宋诗人林升在西湖边吟的《题临安邸》诗流传千古:

> 山外青山楼外楼,西湖歌舞几时休。
> 暖风熏得游人醉,直把杭州作汴州。

战争的阴影慢慢淡化了,生活的稳定,加之宋王朝历来重视,文化艺术在临安得到了升华。浙江杭州本来就是茶产地,西湖边的茶馆比比皆是。歌舞升平中,酒肆茶楼,官民于此同闹,乐不北归,忘记了故国的老百姓仍然生活在"水深火热"之中。尽管还有辛弃疾、陆游这些爱国诗人的存在。

文前诗,不同的人有不同理解:喜欢茶的朋友觉得前两句精彩;喜欢诗的朋友觉得后两句有意思。原因是前两句眼前有景,后两句心中有境。其实,对于绝句来说,一般前两句说景,后两句说意。由景入理,正是宋诗的特点。我们还可以有两个理解：一是杜耒生活拮据。冬日的夜晚，当远道而来的客人走进杜耒的草庐，让这位诗人感到了一些尴尬。瓮中无酿，缶中无粮，更无下酒菜肴，只好以茶代酒。二是，寒夜来客必是雅人，有酒不喝，就为品一壶茶。竹炉是专门煮茶的，外面是竹编，里面是红泥炉。小童在茅庐外忍着困乏寒冷，煽火煮茶。主人与客在窗前以梅花为题谈诗谈月。同样是喝茶，因为朋友的高雅而显得格外不同。这也是此诗被当时很多人赞赏的原因。诗中说的是茶、月和梅，其核心是人性，是情谊。

时下提倡喝茶代替喝酒，其实是代替不了的。酒给人的是豪爽、兴奋，茶给人的是平和、安静。以茶代酒，不只是为了品位而是为了健康。我在阜外医院住院时，同病房的人大多是内蒙古、山西的病友。据医生说，心血管病与地域的关系，饮酒吃肉的习俗是一大诱因。我们当代社会追求不到"才有梅花便不同"的意境，但以茶代酒正确与否是因人而异的。喝酒是闹的环境，品茶是静的环境。等到自己喜欢茶了，真正懂得茶了，心也就慢慢静下来了。一个人喝闷酒，二两就多了。人多起哄，少说能喝半斤八两。陈继儒说："独饮得茶神，两三人得茶趣，七八人乃施茶耳。"今天我们饮茶仍然能体会到，人多了喝茶说不上是品，那也就是牛饮了。

找一处清雅之地，约几个好友，品茶谈天，抬头看月，低头赏梅，也是一种雅致的情怀。那个时节，不要说窗前梅花，你连看到的花花草草都会不一样。咱也可以像古人一样——"半壁山房待明月，一盏清茗酬知音"了。

山閣臨溪晚更佳繞
崖龜樹彙昏鴉何時
再偕西窓榻相對寒
燈細品茶

錄唐寅詩 聰穎書

唐寅 寒燈細雨夜品茶

山阁临溪晚更佳，绕崖秋树集昏鸦。
何时再借西窗榻，相对寒灯细品茶。

——明·唐寅《题画诗》

唐寅　寒灯细雨夜品茶

每有茶友求我为其茶室或客厅书写补壁之作时，我就常常写这首唐寅的《题画诗》。唐寅画好、书法好，诗也好。一首《桃花庵歌》就有多个版本。我却偏爱唐寅的这首七言绝句，曾写了数十幅送友人赏玩。徽州泾宣，四尺整幅。四字竖写，八字横书。正好空两字距落款，钤两枚西泠朱红名章。配红木边框挂在客厅或茶室，古趣清雅，相得益彰。汉隶的底子，融入了行书笔法，既古拙又飘逸，这得益于几十年对《张迁》《石门颂》以及"二王"的浸淫和执着，被人笑称为"董隶"。

其实，这首诗并不很有名。唐寅有许多关于茶的诗和画，《事茗图》就是其代表作。画中远山叠嶂，巨石巉岩；近竹虬松，山泉潺湲。茅舍隐于竹林之中，一人在厅堂读书，案上书籍茶具俱全，院中童子汲水煽炉。屋外有客策杖过板桥，一僮携琴紧随。一定是应主人之邀前来品茶。琴声泉声和声，茶烟柳烟堆烟，连品茶都更具风雅。画中自题诗曰：

日长何所事，茗碗自赏持。

料得南窗下，清风满鬓丝。

此画是送给朋友陈事茗的，其名也嵌在画中。可见唐寅不仅是书画大家，也是一铁杆茶客。没有饮茶生活，没有品茶意境，怎么能画出文人雅士夏日品茶的场景？

唐寅，字伯虎，一字子畏，号六如居士、桃花庵主、逃禅仙吏等，吴县（今江苏苏州）人。其祖籍在今天的山西晋城一代。祖上北宋时南迁苏州开餐馆。唐寅自幼聪颖、才华出众，是个天才的画家。二十多岁时家遇变故，父母、妻子和最钟爱的妹妹相继去世，家道逐渐衰败。唐寅收起放荡不羁之心潜心读书，二十九岁参加应天府会试，得第一名中"解元"，今日南京贡院门前立有唐寅铜像。唐寅三十岁赴京赶考，雄心勃勃，力夺榜魁。同行的财主之子徐经花钱买通考官，提早获得试题，后因事发而使唐寅也受牵扯，被

◎ 明·唐寅－便面画·烹茶图

罢黜考场。有意思的是这位徐经公子虽然考场舞弊，但其孙徐霞客却走遍千山万水，写出了传世游记。唐寅经此打击，心灰意冷，无意仕进，开始游名山大川，并以卖画为生。晚年生活困顿，经济拮据，常常向好友祝枝山、文徵明借钱度日，五十四岁即病逝。有人说是因生活放纵所致，其实也不尽然。唐寅作为"吴门四才子"之一，论才气在其他三人之上，只不过寿命短了一点。我曾经说过，艺术家要长寿，方显出艺术本色，才能有衰年变法。其好友文徵明八十多岁写蝇头小楷《离骚经》，笔笔见功力，一丝不苟，丝毫没有手抖眼花的表现。也可能是一生太顺了，文徵明书法不错，诗画稍显平庸。

明 · 唐寅－事茗图

明 · 唐寅－事茗图（局部）

明朝人饮茶逐渐改变了煎煮的喝法,尽管是将鲜嫩的一叶一芽摘下,但还是要碾成茶末,煮沸水冲泡。照今天人们的品茶方式,观赏不到杯中一旗一芽的美色,但这的确是饮茶方式的重大转折。明朝宁献王朱权在其《茶谱》中提到的品茶流程证实了如此饮法。我曾在云贵茶马古道的老寨里看到上了年纪的人还在喝着"百抖茶"。老人白须长髯,潜心静气,慢条斯理地将茶叶放入陶罐中。先在火炉上边烤边抖,直至带些煳味的香气出来,直接注水再煮。我曾经试品过,奇苦无比,难以下咽。但是那些老人却觉得可口。如今也有人将冲泡完的茶再放在陶壶里煮一煮继续喝。据说这样一定能煮出茶叶的精髓。

日渐黄昏,山溪之畔,人倚楼阁,静观夕阳,景色宜人。山崖上的树叶开始泛黄,树上落满了栖息的老鸦,唐寅借得庙宇之榻,孤寂地对着寒灯,细细品味着一盏新茶。这诗中有画,真的让人陶醉了。

绢封阳羡月团新惠山泉

至味心难忘闲情手自煎

地炉残雪后禅榻晚风前

为问贫陶縠何如病玉川

录文徵明茶诗一首
丁酉春月聆桥书

> 文徵明
> 燈前一啜
> 愧相知

> 絹封陽羨月，瓦缶惠山泉。
> 至味心難忘，閑情手自煎。
> 地爐殘雪後，禪榻晚風前。
> 為問貧陶穀，何如病玉川。
>
> 明·文徵明《煮茶》

文徵明　灯前一啜愧相知

艺术大师一定要长寿，虽说这事由不得自己，但一生稳定，少有坎坷，衣食无忧就是不一样。齐白石可以说是陈师曾一手推出来的，没有陈师曾带其作品赴日推介，齐白石的画难以很快被京城认可。陈师曾也是大家，但是陈师曾死得太早，四十七岁就过世了，而齐白石活了近百岁，且名满天下。再往前看，文徵明和唐寅都是明代书画艺术的重要人物，两个人曾经在一起学画。唐寅不仅才气博学高于文徵明，诗书画也强于文徵明，但是其一生历经坎坷，先是牵扯科考舞弊案，后又去给江西宁王做了幕僚，站错了队差点丢了性命。再回到苏州以鬻画为生。自此，生活放纵，沉迷酒色，五十四岁就过世了。而文徵明呢？一生"风微浪不惊"，活到八十九岁。

作为"明四家"或"吴门四才子"之一的文徵明，是个在艺术史上有争议的书画家。

文徵明，原名壁，字徵明，以字行，改字徵仲。其祖上为衡山人，故号衡山居士，人称文衡山。长洲（今江苏苏州）人。文徵明的诗书画才情卓越，艺高寿长。我喜欢文徵明的小楷，临写过多幅作品，如《醉翁亭记》《归去来兮辞》，等等。的确是横写起笔不藏锋。文徵明八十八岁写的小楷《跋万岁通天帖》一丝不苟，看不出是年近九十的作品。在那个非花即抖的年龄，字好得不得了。

文徵明的茶诗不少。苏州离宜兴不远，不晓得他平常是不是都喝阳羡茶，汲惠山泉。他有一首题画诗写得好：

> 一重山崦一重溪，犹有人家住水西。
> 行过小桥回首望，焙茶烟起午鸡啼。

江南茶农们上午采茶，午间回家炒茶，茶山春色，炊烟袅袅。古人茶诗多写喝夜茶，喝多了也睡不着。文徵明也是一位夜间饮茶高手，不然怎么会有如下诗句:"醉思雪乳不能眠""灯前一啜愧相知"。阳羡茶是当时的贡茶,文徵明在苏州要喝到上好的阳羡茶并不难,何况人家不差钱,可以书画易茶。关键的问题是惠山泉是怎么来的?也可能有卖惠山泉水的,文徵明买来存在瓦缸里。有了闲情逸致,煎茶也是一种雅事。红泥小炉,折柴点火,这就是苏东坡说的"活火"。诗中说到五代末宋初陶毂和唐代诗人卢仝,这两位虽家贫如洗,病魔缠身,但对茶的热爱却没有减弱。炉边煮雪,榻前吹风,引得文徵明唏嘘不已。

文徵明有一幅《林榭煎茶图》。画面右侧山峦起伏,江水蜿蜒。左侧绿树环绕,郁郁葱葱。有竹篱围栅,草屋两间。中间一屋,窗中有一人,红衣打扮,凭栏而坐,看着室外一小童煎茶,大概是文徵明自己。右侧板桥上,一白衣人正匆匆赶来,大概是约好了喝茶。山静日长,集树成林。如雾茶烟,竹炉汤沸。

文徵明的茶喝好了,又去写了一幅小楷《离骚经册》,这一年他八十六岁了。

逝矣班騅冒落花前村
茅店即吾家小橋報有
人痴立溪灘春簾一餅
茶

龔自珍茶詩一首
董聰橋書

> 龚自珍
> 洒泪欲饮
> 惜别茶
>
> 逃禅诳雅岂落花，前村茅店即吾家。
> 小桥报有人扶立，泪渡春宵一饼茶。
> 清·龚自珍
> 《己亥杂诗》（其廿六）

龚自珍　洒泪欲饮惜别茶

龚自珍有几首诗句绝对是脍炙人口，我很小时就会背诵，如："落花不是无情物，化作春泥更护花。""九州生气恃风雷，万马齐喑究可哀。我劝天公重抖擞，不拘一格降人才。"这些诗句既是诗人心声的抒发也是人生的感慨。

龚自珍，一名巩祚，字璱人，号定庵，浙江仁和（今杭州）人。道光进士，曾任内阁中书、宗人府主事和礼部主事，是全力支持林则徐禁鸦片的中坚分子。由于宦海不顺，他便辞官回乡，著有《定庵文集》《己亥杂诗》等。说起来龚自珍也算是官家后代，其祖父曾任内阁中书军机处行走。父亲官至江南苏松太兵备道。母亲是著名文字训诂学家段玉裁之女。他八岁起就和母亲学习《经史》《大学》，诗文功夫从小受人称赞。龚自珍一生坎坷，应了四次乡试才考上举人，再经历六次会试才勉强中了进士。本想进了翰林可以施展身手，实现抱负；谁曾想殿试时，主持殿试的大学士曹振镛以其"楷法不中程"，给了龚自珍三甲第十九名，入不了翰林。他又不满足做一个七品县令，只能回到内阁中书的老位置，这一折腾对他打击很大。龚自珍因此而后悔："余不好学书，不得志于宦海，蹉跎一生。回忆幼时晴窗弄墨一种光景，何不乞之塾师，早早学此？一生困厄下僚之叹矣，可胜负负！"陈应群在《耐充室诗话》中描述了龚自珍当时的心态："自珍既成进士，以书劣不能如翰林，乃官礼部主事。忿怏不胜，辄告人曰：'今之翰林犹可道耶！我家妇女皆工书法，何一不可入馆阁耶！'"看龚自珍这牢骚发得振聋发聩，两年后仍然耿耿于怀。与龚自珍同期的学者陈澧也是六次未能考中，同样是书法受到影响，陈澧也只能仰天长啸："今以空言与善书为才！"可见因书法优劣而影响科考，并因此而失去治国人才，实在不足取。

在文学上，龚自珍提出："诗与人为一，人外无诗，诗外无人，其面目也完。"他的观点总是出人意料，另辟蹊径。如其名作《病梅馆记》中描写江浙文人以画加工制作后的梅花，"斫其正，养其旁条；删其密，夭其稚枝；锄其直，遏其生气"，最终成了"病梅"。龚先生曾买了三百盆梅花，正是他笔下的"病梅"。他大哭三天，决心治疗这些"病梅"。他将梅树埋于地下，解开绑缚枝干的棕绳，发誓用五年时间使其恢复自然生长之状态。他还要收更多的"病梅"，用自己的一生为其疗伤，可见也是一位梅痴了。此文内容甚好理解，但其真正内涵却要在文后寻找。梅被花匠修剪成"病梅"，犹如人被现实扭曲成"病"人，君不见在功名、利禄面前被修剪的灵魂是那么可憎。从龚自珍可以看出，率真的文人其实是挺可爱的。龚自珍不仅诗写得好，也是写文章的高手。一件小事情都能被他写活了，并且内含的意义非常深刻，尤其对话写得非常好。《记王隐君》《松江两京官》都是很好的短篇传记文。

文前诗是一首送别诗，作者骑着毛色青白相杂的马走在出城的路上。两旁树上的花不断落在诗人身上和马上。前方出现了一家茅店，那正是作者准备打尖的客栈。小桥上有一人等在那里，他是为作者送别的朋友。两人在客栈要了一壶茶，饮茶话别，两个人的眼泪掉进了茶碗里。古人诗词中惜别是非常常见的内容。那时的交通、邮递条件，以至于今日送别还不知下一面能否再见得着。一般送别都用酒，而龚自珍却用茶，这碗茶不知是哪一种，因其意义不在品茶在于告别，再好的茶也品不出香味来。

回乡的第二年，龚自珍逝世于江苏丹阳云阳书院，还不过五十岁。不知道是不是其一生不得志、心情郁闷所致，但不论如何，这位"医者"终于可以安心的为那些"病梅"治疗了。

詩境

第六 詩境

明·周臣 白潭图

公門暇日少窮巷故人稀
偶值乘籃輿非關避白衣
不知炊黍谷誰解掃荊扉
君但傾茶碗無妨騎馬歸

錄王維茶詩一首
丁酉春月董聰橋書

王維
詩中有禪
茶有韻

公门暇日少，穷巷故人稀。
偶值乘篮舆，非关避白衣。
不知枞黍谷，谁解扫荆扉。
君但倾茶碗，无妨骑马归。

唐·王维
《酬严少尹徐舍人见过不遇》

王维　诗中有禅茶有韵

　　从小就喜欢王维的五言诗，后来发现我在不同年龄阶段都有我喜欢的诗句。刚刚会说话时，就随着姥爷牙牙学语："红豆生南国，春来发几枝。愿君多采撷，此物最相思。"二三十岁时，走南闯北，青春豪气，喜欢读《九月九日忆山东兄弟》："独在异乡为异客，每逢佳节倍思亲。遥知兄弟登高处，遍插茱萸少一人。"四五十岁时读《终南别业》："中年颇好道，晚家南山陲。兴来每独往，胜事空自知。行到水穷处，坐看云起时。偶然值林叟，谈笑无还期。"其中的佳句"行到水穷处，坐看云起时"，常写作隶书大字赠朋送友。

许多朋友喜欢将其挂在家里，细细琢磨其中含义。年过花甲，返璞归真。身居城郭之外，眼望山川河流。每逢读到"晚年惟好静，万事不关心。自顾无长策，空知返旧林。松风吹解带，山月照弹琴。君问穷通理，渔歌入浦深"，顿觉心神宁静，四下空寂。

王维，字摩诘，先世为太原祁（今山西祁县）人，与我同乡。他父亲迁到蒲州（治今山西永济西南蒲州镇），遂为河东人。三十岁时妻子去世，孤居三十年，终身不娶。王维的诗在当时就有盛名，晚年笃于奉佛，作诗更有禅意，所以以禅诗闻名。唐诗的几座"高峰"里，李白被称之为"诗仙"，杜甫被称之为"诗圣"，王维被称之为"诗佛"。

诗，曾经救过王维一命，这可是值得一提的。安禄山叛乱，攻入长安，王维被捕，并被迫任伪职。王维假装有病不去上任。安禄山召集大会于凝碧池庆贺胜利。唐玄宗的宫廷乐师雷海清拒演，将乐器扔掉，向西恸哭，被安禄山肢解于试马殿。王维此时被拘押在菩提寺，他做了一首诗，曰：

> 万户伤心生野烟，百僚何日更朝天。
> 秋槐落叶深宫里，凝碧池头奏管弦。

后安禄山叛乱被平，王维被人举报投敌任伪职，朝廷拟将其定罪。有人将此诗报与朝廷，王维获无罪豁免，降职为太子中允，后转尚书右丞。王维辞官后住在好友宋之问提供的辋川别墅，直至病死。

王维不仅诗作得好，画也堪称一绝。他喜欢画破墨山水，题画诗曾曰：

> 当代谬词客，前身应画师。
> 不能舍余习，偶被时人知。

苏东坡说："味摩诘之诗，诗中有画；观摩诘之画，画中有诗。"殷璠说："维诗辞秀调雅，意新理惬，在泉为珠，着壁成绘，一字一句，皆出常境。"与苏东坡语如出一辙。王维不仅诗好画好文章好，还会弹琵琶。岐王李范是唐玄宗李隆基的弟弟，原名李隆范。为避讳隆基改为李范。其人懂音律，好人才，喜欢王维的文章、诗及音乐。春月一天，王维被岐王带入公主府第，用琵琶奏一曲新作的乐曲《郁轮袍》，并以此曲为题作一篇文章奉上。主人大喜，命令王维指导官中乐团练习演奏。开放包容的大唐，许多诸如胡琴、羯鼓等乐器盛行于世，王维信手弹来也是颇有音乐天赋的。

王维关于茶的诗不多，专写茶的没有，只有在酬友之作中有写茶的内容。大约唐宋时，茶刚刚走出了贵族的豪门，飞入寻常百姓家。长安夏日，酷暑难耐，王维和同僚下得朝来，"无个茗縻难御暑"。喝一碗用茶、姜、盐、枣、芝麻、豆类等熬的凉茶粥可清热解暑。王维后在辋川隐居，虽然不比当年为官时，但也能喝到好茶，因为常常有朋友送茶给他喝。在朝时忙于工作，难得闲暇。现在休闲下来，吟诗会友，品茶饮酒。打扫庭院，炊烟袅袅。隔壁邻舍，亲朋好友都没有把他当作做官的。唐代人喝茶没有宋代那么讲究，也不会有宋代那么精致的茶具和斗茶活动。

陆羽比王维小了三十多岁，《茶经》问世前王维就去世了。王维没有读到这部《茶经》。但是，辋川别墅里的茶烟在竹林间环绕，茶铛在火炉上沸腾。来喝茶的朋友不必担心喝得太晚，喝酒会使"家家扶得醉人归"，而喝茶却可以尽情品饮，一定是"无妨骑马归"了。

○ 清·任熊 十万图册 万卷诗楼（局部）

生拍芳叢鷹嘴芽老
即封寄與仙家今宵
更有湘江月照出菲
滿碗花

唐人劉禹錫詩一首
丁酉春月董橋

> 生拍芳丛鹰嘴芽，老郎封寄谪仙家。
> 今宵更有湘江月，照出菲菲满碗花。
>
> ——唐·刘禹锡《尝茶》

刘禹锡　诗情有茶方助爽

刘禹锡在唐代诗人里被称为"诗豪"，随便一想，嘴边就冒出许多他的佳句："朱雀桥边野草花，乌衣巷口夕阳斜。旧时王谢堂前燕，飞入寻常百姓家。""杨柳青青江水平，闻郎江上踏歌声。东边日出西边雨，道是无晴却有晴。"

刘禹锡，字梦得，洛阳（今属河南）人，自言系出中山（治今河北定州）。其诗名耀眼，官场不顺。他先贬后召，再贬再召，几度出山，来来往往长达二十三年之久。他有两首写京都玄都观桃花的七言绝句，这两首诗先后跨越了十四年。贞元二十一年（805），唐顺宗继位，擢任王叔文、王伾等，谋夺中宫兵权，实行改革。原太子侍读王叔文当政，他喜欢刘禹锡的文才，任命刘禹锡做了屯田员外郎。纵观历史，历朝历代年轻文人参政议政后总会激情澎湃，不惜生命，刘禹锡也同样以高昂的政治热情参与了革新。这一下触怒了藩镇、宦官以及旧派官僚的利益。顺宗不得已被迫让位，革新集团遭到毁灭性打击，王叔文被赐死，王伾被贬后病亡；韦执谊被贬为崖州司马，韩泰被贬为虔州司马，陈谏被贬为台州司马，柳宗元被贬为永州司马，刘禹锡被贬为朗州司马，韩晔被贬为饶州司马，凌准为连州司马，程异为郴州司马。这就是历史上的"二王八司马"事件。刘禹锡在京都时，玄都观里并没有桃树。后被贬外放，十年未回。听说有道士手栽仙桃，花开之日，满观红霞，便作一首诗《元和十年自朗州至京戏赠看花诸君子》赠给朋友：

紫陌红尘拂面来，无人不道看花回。
玄都观里桃千树，尽是刘郎去后栽。

十四年后再返京都，重游玄都观。传说中的桃树已经荡然无存，只有秋葵燕麦在春风中舞动。想起自己一生，命运多舛，浪里风波，感慨地吟出了《再游玄都观》：

百亩中庭半是苔，桃花净尽菜花开。

> 种桃道士归何处？前度刘郎今又来。

《唐诗纪事》还记载了一件事。长庆年间，诗人元稹、刘禹锡、韦应物一起去白居易家里做客。文人相聚，话题依然离不开历史情怀。说到南朝的兴衰，约定每人作一首金陵怀古诗。刘禹锡即起身斟满一大杯酒，一口喝完，《西塞山怀古》诗也脱口而出：

> 王濬楼船下益州，金陵王气黯然收。
>
> 千寻铁锁沉江底，一片降幡出石头。
>
> 人世几回伤往事，山形依旧枕江流。
>
> 而今四海为家日，故垒萧萧芦荻秋。

白居易听完感慨地说："四人探骊龙，子先获珠，所余鳞爪何用耶！"

关于刘禹锡的诗话很多，难以说尽，还是看他的茶诗有品位。刘禹锡有一首《西山兰若试茶歌》，为二十六句七言长诗。诗所赞美的是湖南郴县王盖山的"王盖山米茶"。这种茶全部采极嫩的芽尖，芽叶茸毛贴身，清香久远，滋味滑爽；经过精心拣剔、自然杀青、翻炒扬茶、清风吹晾、温火烘干五道工序加工而成。炒茶中还辅助以锅铲的"翻、按、扬"等手法，工艺颇为别致。诗中说在庙宇的后山有茶树，有客人来了现摘现炒，然后煮一鼎金沙水。沸水入壶，如骤雨劲风，松涛之声。碗中立刻浮现白色的茶汤。一杯入口，前夜的酒意立刻消散，筋骨乏力，郁闷烦恼都释放了。陆羽在《茶经》中说的阳崖阴岭，刘禹锡从中有所领悟。诗中说，此茶香如木兰沾露，汤似瑶草临波，采最好的茶全为了嘉宾光临。当时的贡茶公认为蒙山茶第一，顾渚茶第二，阳羡茶第三。按刘禹锡的感觉，这三处茶未必都比着王盖山米茶好。刘禹锡能喝到好茶也不忘朋友，当他得到名贵的"鹰嘴芽"时，会寄给老朋友品尝。湘江上一轮明月，照到茶碗里，白色的茶汤，如同开满了一碗的白花，可见此茶非同一般。

刘禹锡对茶的感觉是很敏感的，尤其是对茶与诗、茶与酒的关系。他说："诗情茶助爽，药力酒能宣。"有了茶，作诗有了灵感，所以才能写出好诗。刘禹锡七十一岁寿终，也算是古来稀了，这大概也和茶有关系。尽管他的好友白居易称他为"诗豪"（白居易《刘白唱和集解》："彭城刘梦得，诗豪者也，其锋森然，少敢当者。"），但他饮茶绝不会大碗牛饮。他一定是用精细茶具，煎当朝贡茶，品位是极好极好的。

明·佚名 — 朝鲜王朝 同年饮宴图

生同歲内復聯床龍席
登名復後先光景俊尋
開七秩衣冠雅古莘摩
賢會頃洛社曾儀俗圖
倣香山正尚年氅襪襪
衡鶴詠羅蕊趙曹省卯
中𡵨且徑真率寫寒倫
誰道崇高易歲頗盛
無詩當舉白非才授簡
思諲然
嘉靖辛亥猪月下浣

月團新碾瀹花瓷飲
罷呼兒課楚辭風定
小軒無落葉青蟲相
對吐秋絲
秦觀詩耶橋書

> 秦观
> 秋日饮茶
> 吟楚辞
>
> 月团新碾瀹花瓷，饮罢呼儿课楚辞。
> 风定小轩无落叶，青虫相对吐秋丝。
>
> ——宋·秦观《秋日》（其一）

秦观　秋日饮茶吟楚辞

秦观与黄庭坚、晁补之、张耒齐名，号称"苏门四学士"。其实苏轼、苏辙朋友圈里还有陈师道等。秦观得苏东坡的偏爱，曾经遭到陈师道的嫉妒。苏轼曾多次向王安石推荐秦观。他对王安石说：高邮的秦少游，您也大概知道这个人。请您看看他这数十篇诗文，诗词格调非常高雅，难以有人超越。另外，此人经史皆通，精研佛书，其文采举不胜举。王安石说：看了秦先生的诗文，的确是个人才，其诗清新婉丽，犹如鲍照、谢灵运，我读了他的诗不忍释手。

秦观，字少游，又字太虚，号淮海居士，扬州高邮（今属江苏）人。曾任职秘书省兼国史院编修官。绍圣初期，因朋党被削职，被贬至郴州、横州直至雷州。后来被召回京，走在滕州一病不起，死在路上。我曾在雷州西湖公园看到有"十贤祠"，里面纪念的都是宋代被贬至此的贤良大臣，如苏轼、李刚、寇准等。这些贤人为当时人中龙凤，他们被贬自然是可悲的。但是他们也为雷州半岛以及南粤、琼崖带来了中原文化，并传承至今。但是这里好像没有秦观，大概他只是停留了很短的时间。钱锺书先生说秦少游的诗内容上比较贫薄，气魄也显得狭小，修辞却非常精致。金以及南宋对他的诗评价不高，说他的诗太"娘娘腔"，什么"妇人语""女郎诗"，属于"时女游春"一类。

文前诗名是《秋日》，本为两首，前一首是：

霜落邗沟积水清，寒星无数傍船明。
菰蒲深处疑无地，忽有人家笑语声。

这一首的作诗地点是在船上，后一首是在家里。读宋诗的人不普遍，读秦观的诗就更少了。但是，读宋词是不会绕过秦观的。那首《鹊桥仙》里一句"两情若是久长时，又岂在朝朝暮暮。"不知迷倒多少青年男女。还有那首著名的《踏莎行》：

雾失楼台，月迷津渡，桃源望断无寻处。可堪孤馆闭春寒，杜鹃声里斜阳暮。　　驿寄梅花，鱼传尺素，砌成此恨无重数。郴江幸自绕郴山，为谁流下潇湘去？

书法家们多爱写这首词，词学家们也爱追究为什么是"可堪孤馆"。《宋诗纪事》中还记载了一件事。秦少游于元祐年收纳了一位侍女叫朝华，不知道是否学苏东坡，因为苏的侍女叫朝云。这位朝华姑娘刚满十九岁，是京师人。秦观曾经为她写下"天风吹月入栏杆"诗句。过了三年，秦少游想去修佛，必断世缘。就把朝华送回父母家里，并给了一些钱财让她嫁人。临别之时，朝华痛哭不已。秦观离开二十多天，朝华的父亲来找秦观，说朝华说什么也不愿意嫁人，还希望跟着秦观。秦观看她可怜又领回家里。又过了一年，秦观去钱塘路上与道友们议论，感叹光景过得很快，唯恐自己的时间不多。回到家里，他就对朝华说："你不回，我就没有办法修道。"随即派人去京师，把朝华的父亲喊来，让她随父而去。随后，秦观即向南而去，并在其笔记里记述了这件事情。

秦观爱茶，尤其喜欢福建建瓯的北苑贡茶。他说："北苑研膏，方圭圆璧，名动万里京关。"还有一首《茶》诗，其中有两句曰："茶实嘉木英，其香乃天育。芳不愧杜蘅，清堪掩椒菊。"应了陆羽《茶经》第一句"茶者，南方之嘉木也"，表达了秦观对茶的芳香、清雅的赞美和喜好。又"玉鼎注

○ 明·陈洪绶 - 品茶图

漫流，金碾响丈竹。侵寻发美鬯，猗狔生乳粟。"详细展示了娴熟的茶饼研磨、煮烹、品饮方法。秋日来临，秋风瑟瑟，落叶纷纷。秦观坐在屋前的棚架下，品着一壶刚刚研磨煮好的茶，神清气爽，茶香宜人。放下茶杯，把淘气的儿子喊过来，丢给儿子一本《楚辞》，开始给儿子上课。此时风停了，树叶也不落了，庭院的草虫正在鸣叫吐丝。闻着竹炉上茶壶溢出的茶香，听着儿子诵读《楚辞》的琅琅书声，秦观有些醉了，情不自禁，摇头晃脑和儿子一起吟诵道："帝高阳之苗裔兮，朕皇考曰伯庸。摄提贞于孟陬兮，惟庚寅吾以降……"

一曲離騷一碗茶個中
真味更何加香消燭
盡穹廬冷星斗闌干
山月斜
元人耶律楚材詩一首
丁酉春月董聯橋書

> 耶律楚材 弹琴品茶唱离骚
>
> 一曲离骚一碗茶，个中真味更何加。
> 香消烛尽穹庐冷，星斗阑干山月斜。
>
> ——元·耶律楚材《夜坐弹〈离骚〉》

耶律楚材　弹琴品茶唱离骚

耶律楚材在辽代皇族子孙中算是一位汉学通，不仅专心研究中原文化，还留有大量诗词歌赋，著有《湛然居士集》《西游录》《庚午元历》等，其成就可与两宋时期的著名学士比肩。连清代的乾隆皇帝对他也肃然起敬，下令在北京西郊瓮山脚下为其建祠纪念。

耶律楚材，字晋卿，号湛然居士。契丹族，辽东丹王耶律突欲的八世孙。世居中都，那可是正经的"老北京"。父亲耶律履博学多艺，通《易》《太玄》，又精阴阳历数，曾经在金朝任职，官至尚书右丞。耶律楚材作为前朝重臣的后代居然没有在更换朝代中受其连累,还在成吉思汗和窝阔台汗时期,担任内阁重臣近三十年,为元立国做出了重要贡献,成了元皇室离不了的重要人物。

耶律楚材是其父六十岁时所生。耶律履老来得子,自然对儿子寄与厚望,故用《春秋左氏传》中的"虽楚有材,晋实用之"的典故给儿子命名。可惜,楚材获其父言传身教的时间很短,才三岁父亲就撒手人寰,此后由母亲杨氏教其功课。长大后,他博极群书,旁通天文、地理、律历、术数,及释老、医卜之说。元太祖定都北京,早已听说了耶律楚材的大名,即命人宣来召见。太祖对耶律楚材说:辽、金是世代仇敌,我可以为你报仇雪恨。耶律楚材却说:我父亲及祖父曾经为金朝做事,既然是臣子,岂敢有仇与金朝?太祖听后十分感慨,反倒更加看重耶律楚材的为人。《元史》中说耶律楚材一表人才,"身材八尺,美髯宏声"。因此,太祖称其为"吾图撒合里",即长髯人。以后,太祖每次出征都要带上耶律楚材,因为耶律楚材会占卜吉凶,而且屡屡验证其准确。太祖临终前告诉太宗:这个人是上天赐给我们家的,今后军国大事都要交给他来处理。丙戌年(1226)冬天,耶律楚材随太祖攻打灵武。宋代时,灵武为灵州所在地,后灵州改为西平府,西夏建国后称之为西京。蒙古军攻克灵武城后,将领们都争着掠取女人和金银财宝,唯独耶律楚材收集民间书籍及大黄等药品。不久,军中士兵染上疫病,他收集的大黄派上了用场，士兵们喝了药汤而痊愈。耶律楚材以自己卓越的才能赢得了朝野的尊重。

西征路上，残酷的战争在持续。每逢战斗结束，耶律楚材站在大帐外，仰望天空，残阳如血。耶律楚材回到大帐，一边用"春雷"古琴弹奏《离骚》，一边品茶。耳边没有了战马的嘶鸣和矛戈的冲撞。空旷寒冷的大漠中回响着泠泠琴声。琴声在茶中，茶香在琴声中，直至月斜星稀。白日里征战厮杀，金戈铁马。长夜里品茶弹唱，吟诗作赋，形成了极大的反差意境，给人以丰富的想象空间。耶律楚材所弹之琴可不是一般的琴，此琴被宋徽宗称之为"天下第一琴"。宋亡后，"春雷"古琴随金章宗陪葬，在地下埋了十八年复出，又成了元代宫廷珍藏。元太祖将此琴赏赐给了耶律楚材。从此，耶律楚材随身带着"春雷"踏上西征之路。

耶律楚材极爱喝茶，曾经写有茶诗《西域从王君玉乞茶因其韵》。其三云："高人惠我岭南茶，烂赏飞花雪没车。……玉屑三瓯烹嫩蕊，青旗一叶碾新芽。顿令衰叟诗魂爽，便觉红尘客梦赊。两腋清风生坐榻，幽欢远胜泛流霞。"其四也有诗句："酒仙飘逸不知茶，可笑流涎见曲车。玉杵和云春素月，金刀带雨剪黄芽。"这是作者在西域时向王君玉讨茶，并和王君玉所作茶诗同韵的七律七首中的诗句。作为皇亲国戚的耶律楚材，喝茶一定是从小就养成的习惯。草原大漠人喝茶与饮酒有些相似。大碗的酒，同样也是大碗的茶，用蒙古刀撬下一大块茶砖,放入茶壶在火塘上煮,拿干透的牛粪或柴草做燃料。此时此刻,蒙古包内飘溢着茶、羊奶与干草牛粪混合的味道。茶煮好后加新鲜的羊奶,再用铜制的勺子将热腾腾的奶茶舀进每个人的茶碗。可以想象成吉思汗在大帐内与谋士和将军们喝着奶茶,议论着第二天的战斗计划的情景是多么慷慨激昂。

耶律楚材绝不喜欢这样喝茶,他要回到自己的蒙古包,拿出随身带着的紫砂茶具,泡一壶顾渚贡茶,慢慢地品着。品到兴起,起身来到琴桌前,将"春雷"古琴抚摩,弹一曲《离骚》。捻着美髯,吟出一句诗来:"试将绮语求茶饮,特胜春衫把酒赊。"

◎ 清·邓文举－焦荫纳凉图

銀瓶鎖碧雲英名

雨旗槍最有名嫩綠

忽將茗椀試清氣先

向齒牙生

錄清人袁枚茶詩一首

丙申初秋任聰橫書

袁枚 不是茶中解事人

四银瓶锁碧云英，谷雨旗枪最有名。
嫩绿忽将茗碗试，清香先向齿牙生。

清·袁枚《谢南浦太守赠芙蓉汗衫雨前茶叶》

袁枚　不是茶中解事人

清朝的江南大才子袁枚三十多岁辞官，事业正火，前程似锦，说不干就不干了。退隐至江宁城（今江苏南京）的"随园"，网罗天下诗人才子佳作，辑合诗集，编撰诗话，著书立说，在这里过了五十年的闲适生活。对当时的官员和布衣诗人而言，能将自己的诗纳入《随园诗话》便是荣幸，袁枚因此而天下扬名。君不见，多少官场之人常常貌似愁眉不展状，念叨着官不好做，也不愿意做的违心话，只说是朝廷需要，期待早一些过平常人的日子。但说归说，难得见哪一位辞官回乡。唐代高僧灵澈上人有诗一语道破："年老身闲无外事，麻衣草坐亦容身。相逢尽道休官去，林下何曾见一人？"袁枚倒是个说到做到的人物。

袁枚,字子才,号简斋,浙江钱塘(今杭州)人。乾隆进士,曾任江宁等地知县。辞官后定居江宁(今南京市),在小仓山隋氏废园建园林,改园名为"随园",还自号随园老人。也多亏了袁枚,随园的面貌才得以焕然一新。随园如同今日之会所,尝美食,招美妓,饮美酒,品香茶,出诗集,写诗话,招待的客人各式各样,有远的、近的、穷的、富的、男的、女的、当官的、经商的,等等。袁枚还总结出一个《随园食单》,何等了得!大家众口称赞。人与人不能比,干这些事,首先要有钱,有背景,才能买地建园,游山玩水,结交官宦,出版书籍,研究美食。陶渊明也想研究美食,也想出个《东篱食单》,可能吗?

据说袁枚自己并不会操刀做菜,只是在品尝各种菜品时有了自己的体会,便记录下来成了《随园食单》。袁枚有钱、有闲、有地儿、有圈儿,是个典型的铁杆吃货。袁枚在《随园食单》里有专门讲述茶酒的一章。他在其中说:"余向不喜武夷茶,嫌其浓苦如饮药。"大概是喝惯了龙井、阳羡的淡茶。可没想到一次旅行却彻底改变了他的看法。

丙午(1786)那一年秋天,袁枚受邀去武夷山。在他游览曼亭峰、天游寺时,人家知道他的名气大,于是和尚道士争相献茶,想借他的名声推出自己的茶。他说,如胡桃般大的杯,如香橼小的壶,入口不舍得咽,先闻其香,再品其味,慢慢饮下,顿觉清芬扑鼻,舌有余甘;再饮一、两杯,"令人释燥平矜，怡情悦性"。他才始觉龙井虽然清香，却味淡薄，阳羡虽属佳品，却韵不够，所以武夷茶才真正称得上"名满天下"。袁枚随即写下长诗《试茗》。诗中有："我来竟入茶世界，意颇狎视心悠然。""云此茶种石缝生，金蕾珠蘖殊其名。雨淋日炙俱不到，几茎仙草含虚清。""卢仝七碗笼头吃，不是茶中解事人。"看来他称赞武夷茶是出于真心，并不是喝了人家的茶而嘴软做个软广告。

袁枚是钱塘人，退休后不回老家却在江宁清凉山下建造随园。我去南京多次，想寻觅昔日之随园，但经打听鲜有收获，只有一家随园大酒店留下了随园的影子。大概是南京的历史名人太多的缘故，这座"六朝古都"对袁枚这样的人不屑一顾吧。不过我在秦淮河畔，还是看到了袁枚的一尊浮雕像，长髯飘飘，清清瘦瘦，没有一丝官家的影子，是个诗人的模样。

文前的茶诗是袁枚为感谢姓谢的南浦太守寄来一件汗衫和四瓶雨前茶而作。嫩绿的新茶不忍品饮，刚刚一啜便满口香气。文人品茶就是这样，能品、能评、能写，才使得我们可以"管中窥豹"，不然我们怎么知道古人喝茶的心得？

灯下，捏三根云南大叶种普洱新茶，取其香，观其色。当作绿茶泡入杯中，洗净，冲泡，叶渐渐舒展，占满整个茶杯。金色的茶汤在灯光下，更加清澈，杯沿处一圈金边。茶香随着水雾蒸腾，香气立刻在书房漫延开来。我打开一本在中国书店旧书堆里淘到的中华书局1981年版的《随园诗话》，看一两段诗话，品一两口新茶。周围安静得很，似乎听得见茶叶舒展的声音。

不風不雨正清和
竹亭二好節柯最愛
晚涼佳客至一壺新
茗泡松蘿
鄭板橋詩 董耶橋書

> 鄭板橋 小廊茶熟已無烟
>
> 不風不雨正清和，翠竹亭亭好節柯。
> 最愛晚涼佳客至，一壺新茗泡松蘿。
>
> ——清·郑燮《佳客》

郑板桥　小廊茶熟已无烟

郑板桥在"扬州八怪"里算是名气最大的了。尽管有"扬州八怪"之首的金农——年龄大，资格老，文化厚实，但为人高傲，书画品格也就清高了许多。相比之下，郑板桥确有几点优势：一是他的"学历"高，三朝三个台阶，而且也是做过七品县令的人；二是挂印辞职没有回苏州老家，而是来到扬州鬻画为生；三是其画的兰竹石独树一帜，书法自谓"六分半书"，行楷隶夹杂，犹如"乱石铺街"；四是他的诗词也是非常接地气，尤其是他的题画诗。齐白石的题画诗学他比较多。

明清时的扬州,盐商富甲天下,土豪云集,灯红酒绿,声色犬马。他们有了钱即附庸风雅,玩起了文化,除了攀附权贵,包养姬妾,也喜欢结交书画名家。这也给草根画家有了施展才能的机会,间接地推动了书画艺术的发展。今日的煤老板与昔日盐商相比有过之而无不及。我记得一位朋友说过,"艺术如果不遇到资本屁也不是",当时听了还"义愤填膺"。不过现实还真是有些靠谱。君不见,现如今有些艺术家交不起房租,做不了展览,印不起画册,甚至为了解决饭碗和买车买房而去做赝品枪手。

泰国的石嘉诠先生是我的忘年交,今年有九十多了。他在曼谷别墅的书房里挂着一幅郑板桥的《竹石图》,据他说这是母亲给他留下的唯一纪念物。画不大,约有三平尺,原来是挂轴,后来担心受损,改为装框。数竿清竹,一块瘦石,石下几丛幽兰。石先生每每看到这幅画,就想起母亲,这时老人的眼神像个孩子。

郑板桥,名燮,字克柔,号板桥,江苏兴化人。他学问也是了不得:康熙年的秀才,雍正年的举人,乾隆年的进士。在山东的范县和潍县做过县令。说他是官,不如说他是真正的艺术家。我喜欢他的一些名言联句,如"民于顺处皆成子,官到闲时更读书""删繁就简三秋树,领异标新二月花"等。郑板桥五十岁外放做官,六十一岁(正如我这个年纪)辞官。郑板桥喜欢喝茶,因此茶诗也写了不少。开篇的这首诗是一首题画诗,四句诗看上

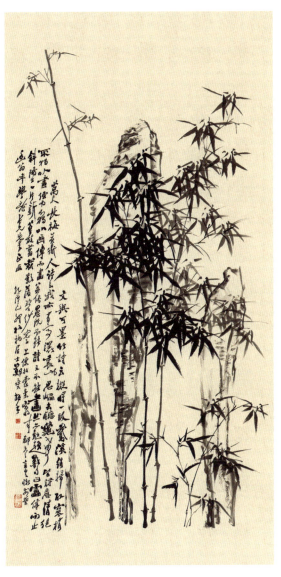 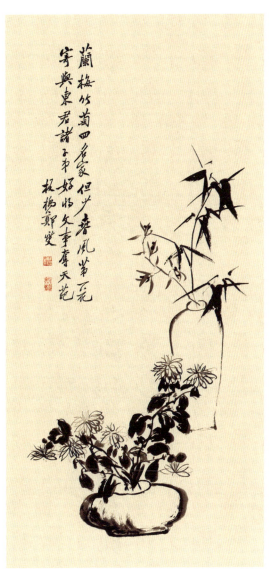

◎ 清·郑板桥－竹石图　　　　　◎ 清·郑板桥－三清图

去全是说景，没有说理说意，其实不然。郑板桥所期望的梦想也正是"不风不雨正清和"的天下。此时的郑板桥已是将儒释道融为一体。所谓儒言正，道言清，释言和。翠竹亭亭玉立，晚风轻拂。竹叶在微风中摇曳，竹影印在了窗棂上，好一幅墨竹图。雅客翩翩而至，泡一壶明前松萝茶，与友畅谈天下，谈书画，谈人生。扬州离宜兴不远，阳羡茶可能最多。杭州的龙井大概也是郑板桥茶碗中的常品之物。而郑板桥喝的松萝茶也许是别人送的，或者是他自己用字画换的。松萝茶产于安徽黄山休宁，明代时就很有名。明代文学大家袁宏道记有："今日徽有送松萝茶者，味在龙

⊙ 清·郑板桥－兰图

井之上,天池下。"明代学者谢肇淛在其所著的《五杂组》也有记载:"今茶品之上者,松萝也,虎丘也,罗岕也,龙井也,阳羡也,天池也。"

读郑板桥的茶诗,似乎能看到竹炉的火膛、清泉的沸汤,连茶壶中袅袅的雾气,也带着春茶的茶香在身旁萦绕。我们读他写的另一首茶诗《小廊》:

小廊茶熟已无烟,折取寒花瘦可怜。
寂寂柴门秋水阔,乱鸦揉碎夕阳天。

乾隆三十年(1765)十二月十二日,自负、真诚、乐观的郑板桥没有逃过"七十三八十四,阎王不请自己去"的命运,七十三岁便离世了。

郑板桥在扬州书房中的竹炉已是冰冷,茶烟已然消散。凭栏西望,真个是"乱鸦揉碎夕阳天"。他带着竹影兰香,"乱石铺街",走上了回归兴化的路,终于魂归故里。

线装版的《白居易诗集》。茶台前,一杯陈年普洱茶。在茶杯的热气缭绕中,我对面似乎坐着的是白居易。他刚从午睡中醒来,约我一起品茶……

书中写了三十六个喜欢喝茶的古人,他们的宦海浮沉,道德文章。简短的白描,几个细节极其传神,有如董老许多画作,如他画的蝉、扇面乃至石头——他曾在一块石头上画驴一匹,憨态喜人。当时匆匆过眼,样子已不复留存,神韵却忘不掉。

这些画作,集结在另一本集子《逍遥游》中。

《花笺茶事》侧重写人记事,《逍遥游》更着意于让作品说话。二者可以视作内外篇对读,根底上读的还是董老的见识和性情。如庄子的"得鱼忘筌,得意忘言",其间妙处有心人自能识得。

鲁迅先生有言:"北人南相,是厚重而又机灵。"这句评语,用在董老身上很贴切。类似的话,其实孔子早说过——"质胜文则野,文胜质则史,文质彬彬,然后君子。"董老庶几近乎。

冯俊文 于杭州荆山翠谷

二〇一八年一月一日

后记　无心且作逍遥游

十二月六日，大雪节气前一日，移居杭州后首度游西湖。天已凉下来，又非周末，湖边游人稀少，枫叶正红。好在是中午，微风吹着也不觉冷。曲院风荷的残荷低着头，倒影映在水面，别有一番萧瑟。远处的林木，随湖堤伸向宝石山，更远处的山影在有无间。少时读王维的「漠漠水田飞白鹭」，多年后的此刻，才对「漠漠」二字有了真切的体悟。可无人分享。这时，分外想念远在三亚的董老——凉风起天末，君子意如何？

董老本名董联桥，山西人，有「晋人」风骨——初次见面叼一烟斗，斟茶倒水间，世家子的派头，像是刚从《世说新语》中走出来。熟了以后才发现，此老身上的「澄静」之气：真心喜欢的事，能数十年如一日的耕耘。如书画，如读书、写作、喝茶，《花笺茶事》一书就是他多年茶余读书所得。

董老字如其人，简洁、率真，少雕琢气。他想象裴度的晚景：「每日斜倚绳床，写字读诗，看侍儿扇炉火勤煎茶，观铛中蟹眼先鱼眼后」。在孤山喝茶，也会想起林和靖和张岱：「湖中，一痕长堤，数芥小舟，几粒舟中人。」他喜欢白居易，所以——「书案上，一本

清·钱慧安 - 烹茶洗砚图(局部)